呪念魂
田中俊行
高田公太
竹書房

呪《じゅ》念《ねん》魂《こん》

田中俊行
高田公太

竹書房

痕跡のないかたち

田中俊行

人は「呪」「念」「魂」といった言葉を、非現実のものとして語る。

だが実際には、それらは時に、はっきりとした〝かたち〟をとって現れる。

強い感情——愛情、恨み、後悔、恐れ。

そうした想いが人や場所、そして〝モノ〟に宿ることがある。

私はこれまで、数多くの曰くある物を引き取ってきた。どれも誰かの想念が染みついたまま、時を越えて手元に辿り着いたものである。

呪いとは、誰かに害を与える術だけではない、解き放たれない念でもある。

念とは、感情の滞留であり、魂とは、その深層にある源だ。

それらが形なきまま漂うこともあれば、目に見える形で現れることもある。魂は人に宿るだけでなく、物にも宿る。それが音や匂い、重さや気配となって、確かにそこに〝いる〟と感じさせることがある。

これから語るのは、そうした話である。触れられるものと、触れられないもの。

そのあわいに浮かびあがる、痕跡のないかたち、である。

あなたの呪念魂

高田公太

本書は呪、念、魂をテーマとした怪談集である。

コンセプトに則り、テーマ別の三章立てで構成しているものの、恐らく読者皆様方の中には「これは呪いの話というより、念の話なのでは?」「これは魂を強く感じるから、魂の章に入れるべきだ」などなど、いろいろ思う者がいるだろうと筆者は想像する。

このようにそれぞれの怪談と章の収まりに違和感を覚えたあなた、あなたは正しい。

というのも、呪、念、魂は切っても切り離せないものであると、私も執筆中に何度も思ったのだ。怪異譚には誰がそれに触れたかによって、万華鏡のように色と形を変える特性がある。呪か、念か、魂か。それを決めるのはあなたの目であるべきなのだ。

そして、なぜあなたの目がその怪異を呪と思ったのか、念と思ったのか、魂と思ったのかに立ち返ると、次に立ち昇るのが〈あなたが世界をどう見ているか〉である。

あなたは呪がよく見えるらしい。あなたは念がよく見えるらしい。あなたは魂がよく見えるらしい。さて、あなたは……。

準備はいいですか?　これより、本書があなたを覗きます。

目次

呪

念

魂

※本書は体験者および関係者に実際に取材した内容をもとに書き綴られた怪談集です。体験者の記憶と主観のもとに再現されたものであり、掲載するすべてを事実と認定するものではございません。あらかじめご了承ください。
※本書に登場する人物名は、様々な事情を考慮してすべて仮名にしてあります。また、作中に登場する体験者の記憶と体験当時の世相を鑑み、極力当時の様相を再現するよう心がけています。今日の見地においては若干耳慣れない言葉・表記が記載される場合がございますが、これらは差別・侮蔑を助長する意図に基づくものではございません。

呪

黒石さん

田中俊行

懇意にしているK氏から、ある日こんな話を聞いた。

K氏は博学で、日本の骨董・美術、歴史や呪物についてとても詳しい。私は趣味で呪物や曰く付きの品々を集めていて、日本の古い呪物についてはK氏から情報を貰うことが多い。

貴重な呪物が見つかると、K氏が関西から電話をくれるのだ。

「田中くん、凄いものが見つかったよ」

「どんなものですか？」

「まー、次に会ったときに見せるよ」

内容を電話で伝えないときは、特に重要なものに違いないのである。私は興奮を抑えつつ、後日K氏の元へ向かった。

夕方、日が落ちた頃に京都でK氏と落ち合った。K氏は両手で風呂敷を抱えており、それを床にそっと置くと、ゆっくり話し始めた。

「この話はな、昔、骨董の師匠から聞いたんや……」

K氏は、かつて版画に興味を持っていた時期があり、その関係で、千社札や引き札、納札などに詳しい骨董商と親しくしていた。その師匠は玩具や古い印刷物の研究者としても有名で、あるとき、火消しに関する納札の話になった。

火消しといえば、江戸時代の有名な火消し親分、新門辰五郎の名が出る。新門辰五郎は江戸町火消し「を組」の頭で、「十番組」の頭領でもあり、約二千人の手下を抱える大親分だった。彼は幕末の江戸庶民にとって憧れの存在だったという。

江戸にいたその辰五郎と、京都の禅宗M寺の管長が交流を持っていた。そして、二人の対談が載っている古書の中に火事にまつわる不思議な話があるのだと、師匠はK氏に教えた。

「ええか、Kさん。その本にはこう書かれていたんや。京都の禅宗M寺の管長が言うには、火事には、いろいろな原因がある。失火もあれば、放火もな。放火は重罪やが、京都には『発覚しない放火』が少なからずあったそうや」

「発覚しない放火？」

「つまりな、ただの犯人不明ってわけではない。修験者や呪術師が関わっとるんや。特殊な術を掛けた石が使われるんやで」

師匠の話によると、それはただの石ではなく、呪術によって「火を呼ぶ」ものとされていた。その石は普通のものとは違い、妙に丸い形をしていた。そして、火事の焼け跡に転がっていることが多い、とのこと。

普通、町中に角の取れた丸石が転がっていることはない。そんなものは、荒波に揉まれる海岸のような場所でしか自然にはできない。それが、焼け跡にだけ転がっているのだ。

「怨みを持った誰かが、修験者や呪術師に頼み、その石を狙った場所に忍ばせるんや。すると、その石が発火して火事が起こる。けど、ただの石やから証拠も残らんし、犯人も捕まらん。完全犯罪になるんや。Kさん、こんな話は好きやろ」

何でも、そんな石が焼け跡から発見されると、気付いた者は恐れ、寺社に持ち込んでひっそりと供養・封印されるのだという。

そんな呪《しゅ》が掛けられた石のことを通称「黒石《くろいし》さん」と呼ぶ。火事の焼け煤で黒くなった石の見た目のせいで、そう呼ばれるようになったのであろう。シンプルな名前だ。

「あー黒石さんですよね。聞いたことありますし一度関西の骨董品屋で見たことあります」

実際一度だけ私は黒石さんなるものを見たことがあった。それは関西の骨董品屋さんから勧められたものだった。その見た目は煤で黒くなった丸い石。しかも石には御丁寧に赤い字で黒石さんと書かれていたのだった。隠すために作られたものにわざわざ名前を書くだろうか。明らかに作り物っぽく思い購入を断念した。

「あーそういう物は偽物の黒石さんや、名前を石に書くなんてのはありえん。見た目もちゃうわ。本物はな、田中さん……そう、これなんや」

K氏は風呂敷をフサッと広げた。

それは、私が骨董市で見かけた「黒石さん」とは明らかに違った。確かに丸石ではあるが、表面がまるで卵の殻のように剥けかけている。大きさはソフトボールよりやや小さい。黒っぽいが、真っ黒ではない。どこかフルーツを思わせるような形状をしていた。

「これが本物の黒石さんや」

K氏は、呪の用途から解放されたこの石が気に入り、時折眺めて思いに耽《ふけ》るのだという。勿論《もちろん》、呪物を蒐集している私としては、これは見逃せない。黒い役目を終えたその石を、K氏から譲り受けることにした。

「現代ではもう、火災現場に黒石さんが転がってるなんてことはないですよね?」

「うーん……これも恐らくは江戸時代のものやし、今はもう見んやろな」

そう言っていたK氏だったが、それから半年後、彼の考えを揺るがす出来事が起こった。

年の瀬が迫る十二月。K氏から連絡があった。

「田中くん、黒石さんのことやけど……すぐ来られるか？」

詳細を訊くと、先日K氏がテレビで火事のニュースを見たそうだ。それは、知人の家の近くだった。

知人のことが心配になったK氏は数日後、散歩がてら火事の跡を見に行ったのだが、焼け落ちた家の跡で「それ」を見つけた。

「知人の家は半焼で隣の家が全焼やったんや。知人も無事で話聞いたんやけど、隣家から出火したらしいんや。失火らしんやけどな。焼け跡に妙なものが転がってんのよ」

知人と話し終えたK氏は、何か引っ掛かるものを感じ、その場を離れることができなかった。焼け跡の空気はどこか湿り気を帯び、焦げた木材の匂いが鼻を衝く。

K氏は何げなく視線を落とし、瓦礫の中をまじまじと観察した。すると、家と家の境界線に当たる部分に、妙に黒ずんだ丸い石が転がっているのが目に留まった。他の瓦礫とは明らかに異なり、その石に触れてはいけないという直感が働いた。近づき試しに足で軽く転がしてみた。

それは、まさしく「黒石さん」だった。単純な丸い石ではない。卵のように皮が剥かれているような見た目を持つ石。

「……今でも、この石、呪術が使われているんやろか……？」

K氏にはもう一つ気掛かりがあった。出火元は知人の隣家ではあるが丸石があったのは家の境界部分。これは知人を狙った犯行ではないだろうか？　その知人とは古くから顔見知りだがいい噂を聞いたことがない。全焼した家の方が害を被ったのではないか。K氏は恐ろしくなったがどうしてもその石を手に取りたくなった。

しかし黒石さんであれば呪を解かないといけない。自分の家が火事になっても困る。少しでも障りがないようにとコンビニでアルミホイルを購入し、石を包み近くの神社の裏の駐車場の片隅に置いた。

「田中くんに託そう」


私は半ば信じ難かったが、彼の指示した場所へ向かい、その石を拾った。

日没前の薄暗くなり始めた駐車場。その片隅に、銀色に包まれた手のひらサイズの丸石が、まるでそこに置かれるべくして存在しているように、静かに転がっていた。

そっと手を伸ばし、石を拾い上げる。アルミホイルを剥がし煤を払うと、内側から赤っぽい色が覗いた。それは黒い殻の剥かれた中が赤い卵のようだった。

「……まるで、まだ生きているみたいやな」

呟いた自分の声が、やけに響いて聞こえた。

さすがにこのまま持ち帰るのは怖かったので、気休めではあるが、さらに何重にもアルミホイルで包んで持ち帰った。

もしも、これを手に入れたせいで、私の家で不審火が起きたとしたら……。

それは、この黒石さんの仕業かもしれない。

黒石さん

田中俊行ドローイング「無題１」

師匠の形見

田中俊行

私の怪談イベントにも頻繁に顔を出す通称「さるくん」は、いつも興味深い話を持ってきてくれる怪談マニアである。これは彼が十五年前に体験した話だ。

当時、彼は二十歳の社会人一年目。

蒸し暑い夏の日、休日の昼前に家のチャイムが鳴った。

「宅配便です！」

玄関を開けると、運送会社の男性が立っていた。汗をかきながら、どこか申し訳なさそうに彼は言う。

「すみません、お届け物なんですが、運送中にちょっと事故がありまして……。箱の角が潰れてしまったんです。中身、大丈夫か確認してもらってもいいですか？」

そう言って差し出されたのは、長方形の段ボール箱だった。

さるくんは促されるままに段ボールを手に取る。

（……冷たい）

まるで今しがた冷蔵庫から出したばかりのように、箱全体がひんやりとしていた。

「あの、これってクール便ですか？」

「いえ、普通の雑貨として扱っていますが……」

妙だな、と思いつつも、伝票を見ると確かに自分の名前と住所が書かれている。

しかし、差出人の欄は空白。

「誰からだろう？」

思い当たる節はないが、宛名は確かに自分だ。

とりあえず箱を開けると、中には木箱が収められていた。意匠のない、古びた木箱。段ボール箱同様、それもかなり冷たい。

「……なんだ、これ？」

蓋を開けると、一通の封筒が入っていた。手に取り封を開けると、見覚えのある字が目に飛び込んできた。

（……タカシか？）

タカシとは、彼の幼馴染みだった。小学校低学年の頃から、高校に入るまで一緒に剣道を習っていた友人で、社会人になってからは疎遠になっていた。
手紙にはこう書かれていた。

急にごめん。
覚えてるか？
師匠が亡くなったとき、形見分けがあったんだ。
お前、葬儀には来れなかったよな？
『形見分けがあったら軽い物を何でもいいから貰ってきてくれ』
って、お前、言ってたよな。
それを送る。

確かに以前剣道の師匠が亡くなったとき、さるくんは通夜にこそ行けたものの、葬儀には参加できなかった。そのとき、タカシに形見分けを代わりに貰って預かるよう頼んでいたのだ。手紙の下には、一本の筆。
手紙には続きがあった。

この筆を預かってから、家族全員の体調がおかしくなった。

熱が出るし、食欲もなく、体力がどんどん落ちていく。

病院に行っても原因が分からない。

親は、俺が持ち帰った形見が原因じゃないかって疑ってる。

お前がこっちに来たときにでもと思ってたけど、もう渡す。


形見は、書道で使うような筆だった。

その筆もまた冷たい。

（なぜこんなに冷たいんだ……しかし、この冷たさは良いかもしれない……）

暑さに苦しんでいた彼は、扇風機の前に筆を立てた。

こうすれば、エアコンさながらに冷たい空気が送られてくるだろうと期待したのだ。

やってみると効果は抜群で、部屋全体が驚くほど冷えた。

しかもこの冷却効果は朝から晩まで続くどころか、何日経とうと延々部屋を冷やしてくれる。これはいいと涼しい部屋での安眠を楽しむこと数週間を経た頃、近所の人や職場の同僚から、妙なことを言われるようになった。

「お前、大丈夫か？　何か、顔色悪いぞ」

「ちゃんと食べてる？」

「最近、痩せたんじゃないか？」

言われた本人は、涼しい夏を過ごせて絶好調。馬耳東風を決め込むばかりだった。

みんな、俺の何が分かるってんだ。

痩せただの顔色良くないだの、自分のことは自分がよく知ってる。

折角心地よい夏だというのに。

「……あんた、何やったの？」

だが、さるくんを誰よりもよく知る姉までもそう言った。

「え？　何が？」

「鏡見てみなさいよ！」

言われるがままに鏡を覗き込むと、そこには、頬がこけ、目の下に深いクマができた自分の姿が映っていた。

「……嘘だろ？」

何でこんなに痩せているんだ？　あからさまに飢餓状態を思わせる痩せ方をしているじゃないか。確かに食欲がない日もたまにはあったけど全く食べていないわけではないし、ずっと体調は良かったぞ。昨日だって、自炊をして、たんと御飯を……。

「いやいや！　姉ちゃん！　御飯はちゃんと食べてるんだよ！」

疑念に駆られたさるくんは、台所に向かった。

(どういうこと？)

台所は何日も使われた形跡がなかった。

姉は部屋の中を見回し、すぐに筆を見つけた。

「あんた、何でこんなもの持ってるの!?」

「え、これ、師匠の形見……」

「バカ！　こんなもん、すぐに返しなさい！」

翌日、二人は師匠の奥様の元を訪ねた。筆を見た奥様は、一瞬驚いた顔をして、

「……あれ、この筆……どこにあったの？」

さるくんが事情を説明すると、奥様は静かに言った。

「……やっぱりね。この筆、主人がどこから持ち帰ったのか分からないものなのよ。筆を持ち帰った頃から、主人の体調も崩れ始めて……。お焚き上げに出そうとしたら、消えたの」

結局筆は奥様に引き取られ、さる君の体調は次第に戻っていった。

しかし、奥様が言った最後の言葉が、彼の脳裏に焼き付いている。

「お寺の方が言っていたわ。これは、書くための筆じゃない。もしかすると、誰かの毛髪で作られた呪具かもしれないって……」

タカシにはいつまでも連絡がつかない。

田中俊行ドローイング「無題２」

無敵の人

田中俊行

怪談師の酒番《さかばん》さんから聞いた話。

酒番さんは二十年ほど前、大阪ミナミの歓楽街・宗右衛門町でバーで店長をしていた。オーナーは別にいて、店の切り盛りは酒番さんに任されていたそうだ。

店は道頓堀川沿いにあった。店内の南側はガラス張りで、ネオンの光が水面に映る幻想的な光景を眺めながら酒を楽しむことができた。

店のオープンは十九時。客がいれば朝まで営業することもざらにあった。

酒番さんは昔から怪談奇談の類いが好きで、特に興味をそそる話を持ってきた客には、一杯サービスをするという独自のルールを設けていた。

ある日のこと、開店三十分前に「ドンドンドンドンドン」と店のドアが激しく叩かれた。

「まだ開店前やのに……」

訝《いぶか》しみながらドアを開けると、作業着姿の若い男が立っていた。

「あのぉ……すみません、まだオープン前ですよね？　怖い話とか面白い話を持ってきたら、お酒を御馳走してもらえるって聞いたんですけど」

男は、人懐っこい笑顔を見せてそう言った。

「あー、そうやねぇ……まぁ、怖かったらな」

「まじっすか？　……聞いてもらえます？」

（おいおい、開店前と知っててそれはないやろ……）

少し迷惑に思いながらも、無下にするのも気が引け、酒番さんは仕方なく男を店に入れることにした。

カウンターに座らせて話を聞くと、彼はまだ十八歳だという。若い頃からやんちゃをしていたらしく、今は土建屋で働いているとのこと。彼の主な仕事は解体業なのだという。

「未成年にはさすがに酒は出せへんから、ソフトドリンクやな。その代わり、ええ話やったら……腹減ってるやろ？　冷凍やけどチャーハン作ったるわ」

「えー、酒飲みたいんやけど……」

「あかんあかん。我慢しい」

不満そうな顔をしながらも、彼は話し始めた。

「今日、俺、仕事で〈無敵の人〉に会ったんすよ」

「〈無敵の人〉？」

「そう！〈無敵の人〉なんすよ！」

酒番さんは最初、〈無敵の人〉とは、『後がない人、失うものが何もないヤバい人』の意かと思った。

しかし、話を聞くとどうやら違うらしい。

「俺達の仕事って、結構縁起を担ぐんですよね。場所によっては、やばいとこあるじゃないすか」

解体業の世界では、「事故物件」や「曰く付きの建物」を敬遠する者が多い。

そこでは変なものが見つかることもあるし、怪我でもすればその場との因果関係を気にする人もいる。

「でも、そんなことを一切気にせえへん男がいたんすよ」

むしろ、みんなが嫌がる仕事を率先して引き受ける。

そんな姿勢を買われ、会社からも重宝される男。

社員達は彼のことを〈無敵の人〉と呼んだ……。

その〈無敵の人〉の正体は五十代後半の男性――その名は「伊藤さん」。

ある時期、会社で「誰も行きたがらない現場」があった。

現場は、亡くなった家主が誰にも気付かれずにそのまま放置されていたという、曰く付きの一軒家。二、三日後には重機が入り、建物ごと取り壊される予定だったが、その前に家の中の運び出せるものを撤去しなければならなかった。

発見された家主の有様を想像すると、そんな現場には誰も行きたがらない。

だが、伊藤さんは手を挙げた。

「とりあえず俺が行くわ。若手一人貸してや」

そして、十八歳の彼がその「若手」として選ばれた。

会社からは現場の地図だけ渡され、「お昼に行けばいい」と言われた。

半日働くだけで日当が貰える、楽な仕事のように思えた。

現場に到着すると、あるのは住宅街の中の平たい一軒家。

ブロック塀に囲まれたその家は、アニメ『サザエさん』に出てきそうな、ごく普通の日本家屋だった。

お化け屋敷のような雰囲気は全くなく、拍子抜けするほどだった。

五分ほどすると、軽トラックが到着した。

運転席には彼が初めてお目にかかる〈無敵の人〉。

身長一八〇センチほどの大柄な体格に、毛むくじゃらの腕。

熊のような見た目とは裏腹に、腰が低く、笑顔の柔らかい男だった。

声も意外と高く、優しそうな雰囲気がある。

「兄ちゃんが今日の相棒か。途中で帰らんといてや？　みんな怖がりよんねん、こういうトコ」

「えっ……途中で帰るとかって……？」

「大丈夫、大丈夫。俺に任せといたらええから！」

「伊藤さん、怖い場所とかよく行ってるって聞いたんですが……」

「そうそう、話が早いわ。俺はな、みんなが行きたがらへん現場ばっかり行くんや。でもな、殺人事件とか自殺とか、ホンマにエグい現場は会社から事前に教えられるんよ。ここはそんなトコちゃうから、気にせんでえぇ」

そう言われると、少し安心した。

確かに、ただの空き家であれば、特に問題はないはずだった。

「もし気持ち悪いことがあったら、全部俺がやったるからな！　お願いやから帰らんといてや、一人やったら運べんものもあんねん」

伊藤さんは懇願するように言った。

そうして、二人は家の中へと足を踏み入れる。

入り口の引き戸を開け、玄関へ。

家の中は埃っぽさこそあるものの、蜘蛛《くも》の巣一つないほど綺麗だった。

玄関の右手には腰の高さほどの下足箱があり、その上には古びた市松人形がガラスケースもなくむきだしで置かれていた。

「うわっ」

彼は思わず声を上げた。

「あー、お前こういうのも怖いんか？　ちょっと待っとれよ」

そう言うと、伊藤さんは市松人形の頭を右手で鷲掴みにした。

そして、振り返りざま、開けっ放しの玄関から見えるトラックの荷台へ向かって、勢いよく――。


ブンッ！

市松人形は大きな弧を描き、荷台の上にガラガラガラッと音を立てて転がった。

コントロールも抜群に良かった。

「市松人形を遠投できるなんて……〈無敵の人〉とは、こういうことか」

彼はその光景を呆然と見つめながらも、この人とならどこへ行っても大丈夫かもしれない、と思った。

中に入っても、予想していた「曰く付きの家」とは様子が違うように思えた。

カビ臭くもなければ、畳が腐っているわけでもない。

電気が通っておらず薄暗いものの、昼間ということもあり、怖さは感じなかった。

既に家の荷物がほとんど持ち出されていたのも予想外だった。

雰囲気のあるものといえば、古びた鏡台くらいか。

二人で運べるものを全て持ち出し、最後の部屋に向かった。

奥の和室に入り、襖を開ける。

そこは十畳ほどの仏間だった。

「え、何やこれ……」

部屋の奥には、真っ黒な仏壇が鎮座していた。

そして壁一面に、無数の手形がある。

手形は黒みの強い、濃い灰色。

それは仏壇を中心に、床の間、押し入れの襖、天井へと広がるように付いていた。

彼が怖気付くのをよそに、伊藤さんは平然と手形を見渡す。

「おーおー、凄いなー、手形！」

「伊藤さん、怖くないんすか？」

「怖いも何も、施工のときに手袋してたら大丈夫やけど、手汗とかが付いて酸化したら、年数が経って色が浮いてくることもあるんよ。ま、襖も天井も……そういうことにしとこ！」

「しとこ……？」

「分かった、分かった。とりあえず帰らんといて、仏壇だけ一緒に運ぼ。この部屋のその他は、わしがやるから」

伊藤さんに言われるまま、彼は荷物運びや掃除をした。

そして、数時間が経過。

伊藤さんに呼ばれ仏間へ戻ると、部屋の中は埃まみれになっていた。

手形が付いていた壁も、畳の上もザラザラしている。

「お前、これ見てみー」

伊藤さんは土壁に残る手形を素手で擦り始めた。

すると手形はザラザラと崩れ落ち、みるみるうちに消えていった。

「こんなんで消えるもんが、幽霊とかそんなわけないやろ！」

伊藤さんは手が届く範囲の手形を次々と消していく。

「お前はほんまに怖がりすぎや」

その後も淡々と作業を進め、手形付きの襖を庭に出すと、仏間の片が付いた。これで今日の作業は終了だ。

帰り際、玄関で彼が靴紐を結ぼうとすると、伊藤さんが横に並んでしゃがんできた。

「あー、こんなとこにも手形が付いとるわ」

見ると、元々は市松人形があった場所の壁にも手形が一つ。

その手形は仏間のものより小さく、子供サイズだった。

「あー、お前、さすがに小っちゃいのは何か怖いなー。でもな、こんなんも消えんねんで」

そう言いながら、また伊藤さんはゴシゴシと素手で擦る。

バラバラバラ……。

小さな手形は、跡形もなくなった。

（ほんまに〈無敵の人〉やで……俺なら、ようやらん）

彼は、そう思わずにはいられなかった。

「早く終わったし、コンビニでおにぎりでも買ったるわ。休憩しよか？」

曰く付きの現場を終えた後の、安堵の時間。コンビニでおにぎりとお茶を買い、二人は家の庭にある縁側に腰掛けた。

「いただきます」

彼はおにぎりを半分ほど食べたところで、ふと伊藤さんを見遣った。

座ってから数分は経ったように思えたが、伊藤さんはまだ手を拭いている段階だった。

「どうしたんですか？　もう一つおしぼり使います？」

「おー、くれくれ」

彼は新しいおしぼりを渡した。

伊藤さんはまたゴシゴシと力強く手を拭き続ける。

そして、伊藤さんの手拭きはそのまま終わらない。

そんな様子に、彼は違和感を覚えた。

「伊藤さん、どうしたんですか？　もう十分綺麗になってるんじゃないんですか？」

「いやー……何か、油汚れとかやなくてやな……ホレッ」

そう言って差し出された伊藤さんの右の手のひら。

そこには、あの壁に付いていた「小さな子供の手形」が、痣のように張り付いていた。

「……え？」

「これが消えへんのや……」

「……え」

しばし不気味な沈黙が流れたのち、伊藤さんは「ま、ええか」と手拭きを止め、手形付きの右手でおにぎりを掴んだ。

「ま、気のせいやろ」

そう言い、伊藤さんはおにぎりをペロリと平らげる。

〈無敵の人〉は、やはり無敵だった。

「ね、酒番さん、やばくないですか？　幽霊なんか全く信じてない〈無敵の人〉！」

彼は得意げに話を締めくくった。

「やばいけども……その後、伊藤さんはどうなったの？」

「どうなったというか、伊藤さんとの初現場終わりのその足で僕、ここに来ましたから！　知りませんよ！」

その日、酒番さんは彼にソフトドリンクとチャーハンを振る舞った。

以来、十八歳の彼はしばしば店に顔を出すようになった。

味を占めたのか、心霊スポットに行った話や会社の仲間から聞いた怪異譚などを酒番さんに話し、そのたびにドリンクとチャーハンをせびるのが彼の十八番。

こういった彼の来店はしばらく続いたが、忙しいのか、チャーハンに飽きたのか、若者は初来店から半年を過ぎた頃にパタリと顔を見せなくなった。

そんなある日。

「いらっしゃい。何しとったんや。寂しいやんか」

「御無沙汰してます……」

十八歳、久しぶりの来店だった。

うつむきながらカウンターに座ろうとする彼にいつもの明るいテンションはなく、見ると少し陰鬱そうな表情をしている。

「どうしたんや？　今日は元気がないやん」

「……あのー、怖い話というか……今日はそういうんじゃなくて……覚えてます？　怖い現場に行くおっちゃんの話？」

「ああ、確か……〈無敵の人〉？　伊藤とかいう」

「そうです、伊藤さん……。ちょっと、ヤバいことになってしまって……。実は俺、また伊藤さんと組んだんです」

半年ぶりに伊藤さんと行った現場は、郊外にある立派なお屋敷だった。

門には鉄柵。全体的に古びていて、見た目からして瘴気《しょうき》の漂いを感じさせる。

この日は二人だけではなく、他にも数人の作業員がいた。

現場に入ると、不可解な出来事が続いた。

「頭が痛い」と訴える作業員。

「誰もいないはずの場所で足音がする」という報告。

なぜか奥の和室に入りたがらない作業員達。

「奥はわしが行くわ！」

そんな中、伊藤さんだけは一人ズカズカと和室へ。

「もうあそこは伊藤さんに任せようや」

「せやな……あんな気味が悪いところ、よお入らん」

そうして夕方。現場終了の十七時が近づくと、皆は仕舞いの段取りをしだす。

だが、すっかり仕舞い終わった十七時を過ぎても伊藤さんの姿が見えない。

「伊藤さん？　そろそろ終わりますよ！」

屋敷の中で何度か大声を上げたが、返事はなかった。

「今、伊藤さんはどこにおるん？」

不安になり、作業員数人で部屋中を探した。

結果、奥の和室で気を失っている伊藤さんを作業員のひとりが発見した。

伊藤さんは押し入れの上段部分にて、くの字で突っ伏すような形で目を閉じていた。

「大丈夫ですか!?」

伊藤さんを引っ張り出した瞬間、作業員達は異変に気付いた。

伊藤さんのグレーの作業着のズボンが、真っ赤に染まっている。

「え……？」

下血だった。

しかも尋常ではない量。

彼は、そのときあることに気がついた。

押し入れの天井部分を見上げると「お札」のようなものが何枚も貼られている。

そして、伊藤さんの右手に「紙きれのようなもの」が。

伊藤さんは救急車で病院へ運ばれた。幸い、翌日には意識を取り戻した。

「いやー、押し入れ開けたら、天井になんかいっぱい貼っとったんよ。へ、そくりかと思って、中身確かめようとちぎったらな、急に腹が痛くなって……気がついたら病院や」

彼は思わず言った。

「いや、あの家の変な部屋に入るからですよ！」

しかし、伊藤さんは否定した。

「ちゃうちゃう、そんなもんないわ。……けどな、あんなにケツから血が出たんは、初めてや。前の日に酒を飲みすぎたんやろな……」

〈無敵の人〉はそう言ったが、たかがお札の一枚でも人はこうなるのかもしれないと思わせるこの体験は、十八歳に強い影響を与えた。

「もう俺、心スポも行かんとこと思って。現場もヤバいとこはもう無理っすわ」

若者はこの話を置き土産にしたかのように、以来二度と酒番さんの店に顔を出すことはなかった。

田中俊行ドローイング「無題３」

位牌がある家

田中俊行

M子さんから聞いた話。

今から四十年ほど前、北海道のとある地域で起きた出来事だ。

M子さんの母の従兄弟に当たるノボルおじさんは、下宿から大学に通っていた。

その下宿は、大家が元々住んでいた一軒家を改築したもので、幾つかの部屋には大家の持ち物がまだ幾らか残っていた。

そして、とある部屋の押し入れには、特筆すべき大家の持ち物があった。和室にある、襖が取り外された押し入れ。その奥には、びっしりと無数の位牌が並べられていたのである。位牌は祀られているわけでもなく、ただそこに置かれているだけ。何がどうなってこの有様なのかは大家のみぞ知る。

下宿には、ノボルおじさんの他に、一人の女性が住んでいた。女性の年齢は少なくとも四十代後半か、あるいはそれよりずっと上で、ノボルおじさんはその女性を「おばさん」と呼んでいたそうだ。

おばさんは、毎日それらの位牌に水を供え、「可哀想だから」と手を合わせていた。

ノボルおじさんは、下宿に住み始めてからというものの、ずっとある出来事に悩まされていた。

夜中、床下から音がするのだ。

それは何かが這うような、軋《きし》むような音だった。

最初は動物か何かだろうと思っていた。だが、床下を調べても、ねずみなどがいる痕跡は見つからない。

ある日下宿に泊まった研究室の友人は床下の音に酷く怯え、翌朝すぐに帰ってしまった。

そしてしばらくすると、今度はおばさんの様子が次第におかしくなっていったというのだから堪らない。

ノボルおじさんが物音を不審に思い、「気味が悪いから下宿を出ようと思っている」とおばさんに話した直後から、何かに取り憑かれたように挙動が変わったのだ。おばさんは独り言を言ったり、壁に向かって話しかけたりするようになってしまった。

異常を感じたノボルおじさんは、とある占い師に相談した。

ノボルおじさんは化学系の研究をしていたが、化学と真反対とも言えそうな占星術にも興味があり、信頼している占い師の先生が一人いたそうだ。

「あなた、その家をすぐに出なさい。その女性はもう助からない」

「えっ……助からないって……？」

「彼女は死者に取り込まれている。位牌の世話をするうちに、悪い霊の影響を受けすぎてしまった。もう手遅れだよ」

そう言われたノボルおじさんは即日、大学の研究が終わった深夜に、タクシーで母の実家に逃げ帰った。下宿に残してきた荷物は、翌日取りに戻ればいいだろう。

翌日の夕方、仕事から帰宅した家族に、ノボルおじさんは下宿での一連を全て話した。

すると、それを聞いた祖母は、家族全員で荷物を取りに行くことを提案した。

「何があるか分からないから、一人一つずつ刃物を持ちなさい」

祖母は、魔除けのために、紙に包んだカミソリの刃を持たせた。

祖母自らも般若心経の写経を持ち、皆で下宿へ向かう。

下宿の周囲には大家の親戚が住んでいた。到着後は密かな引っ越しを気付かれないよう電気を点けず、懐中電灯の明かりだけで荷物を運び出した。

ノボルおじさんはふと「おばさんに声を掛けておこう」と思い立ち、彼女の部屋のドアをノックしたが、返事はない。

事態が事態であることもあり、訝しんでドアノブを捻ると、施錠済み。

「まさか……」

嫌な予感が一家に湧く。

何かが起こったのではないか。

家族全員で体当たりし、ドアを破った。

そうして部屋内を見ると、何かの儀式のように六畳ほどの部屋の中央に、一口ガスコンロが置かれ、炎がぼうっと燃え上がっていた。

懐中電灯を向けると、部屋の窓やドアにはびっしりと目張り。

おばさんは、自死を図っている。

ノボルおじさんは布団の上を照らした。

そこには真っ黒に膨れ上がった人型が横たわっていた。

これでは、想定していた自死の迎え方とまるで違う。

全員が悲鳴を上げ、下宿から飛び出した。


警察が到着した。

「この遺体の性別は分かりますか?」

ノボルおじさんは警察官からそう質問された。

確かにあれほど黒いと、分からないだろう。

「しっかり気を付けて持たないと、崩れるぞ!」

警察はそう声をかけあって、遺体を運搬していた。

確かにあれほどブヨブヨに膨れ上がっていては、運ぶのも大変だろう。


おばさんの死因は警察から教えてもらえず仕舞いだった。


後に一家各々が聞いたその下宿に関する噂は、

「かつて何人もの人が亡くなっている」

というものばかりだった。

田中俊行ドローイング「無題４」

彼女の痕跡

田中俊行

二〇二四年十一月、一本のＤＭが届いた。

『元彼女の一式を引き取ってほしい』

私は、呪物や曰く付きの品を引き取る活動をしている。

日々、誰かが「何かがおかしい」と感じるものを手放したいと連絡をくれる。

週に一度は「奇妙なものを引き取ってほしい」という相談が舞い込むが、その中にはただの執着や心理的な影響が〈怪異〉とされる現象の原因となるものも多い。

元彼女の一式、と聞いて、私は一瞬考えた。呪物というより、未練の残る思い出の品ではないか。返信をして詳細を訊ねると、彼が手放せずにいるのは彼女の所有物である茶色の帽子、ピンクのトレーナー、白いぬいぐるみの三点だという。

『捨てようとしたんですが、どうしてもできなくて』

『それだけならまだしも、帽子やトレーナーから彼女の匂いがするんです。洗濯もしてるし、ずっとクローゼットに仕舞ってたのに、ふとした瞬間に香るんですよ。まるで、そこに彼女がいるみたいに』

ぬいぐるみについても、彼の私見がある。

『気付くと移動してるんです。夜、ベッドの端に置いて寝るのに、朝になると部屋の反対側に転がってる。最初は寝ぼけて動かしたのかと思ったんですが、玄関に移動しているときもあるんです。何度も続くと……さすがに気味が悪くなってきて』

彼の言葉には、焦りというよりも諦めが混じっているようだった。

私は彼に会って話を詳しく訊きたいと、強く思った。


そんなやり取りをしたのち、いつも通り仕事とぼんやりを繰り返していると、年が変わった。


二〇二五年一月の後半、仕事が予想より早く終わった日があった。

時計を見ると、二十時過ぎ。

「今なら、終電までに帰れるかもしれない。そうだ、あの『彼女の一式』の彼に会って話すつもりだったんだ。すっかり忘れていた」

そう思い、彼に連絡を入れると、すぐに返信が来た。

『大丈夫です！　家にいます』

私は電車に乗り、横浜へ向かった。

急なお願いに対応してくれる感謝の念を乗せて電車は進んだ。

ガタンガタン。感謝感謝。ガタンガタン。感謝感謝。


駅に着くと、周囲の雰囲気がどこか重く感じた。夜の寒さとは別に、湿ったような空気が肌にまとわりつくのだ。この場所は戦時中、激しい空襲で多くの命が失われた土地だった。駅周辺では数百人が炎に囲まれ、折り重なるように焼死したと伝えられている。戦後はバラックが立ち並び、〈青線地帯〉として栄えた。

そんな土地の歴史が影響してこんな雰囲気なのだろうか。それとも、自分が疲れているだけなのか――ふと、そんなことを考えた。

彼のマンションは駅から少し離れた住宅街にあった。

橋を渡り公園を抜け、細い路地へと進む。やがて見えてきたのは、十階建ての鉄筋コンクリートのマンションだった。築年数はそれなりに経っているが、しっかりした造りに見える。彼の部屋は二階の角部屋らしい。エレベーターを降り、廊下を進むと彼の部屋のドアを見つける。

（何や、これ？）

ドアノブの下にある鍵穴がまるで焼け焦げたようになっていた。

黒く溶けた金属が歪み、鍵を差し込む隙間すらない。


これじゃあ鍵を掛けられないんじゃないか？

まあ、自分も鍵なんて掛けませんが。


鍵穴に不吉なものを感じつつ、チャイムを押した。

しばらくすると、扉が開いた。

想像していたよりも彼は明るい表情で私を迎えた。

「本当に来てくれたんですね！」


妙にテンションが高い。

私が人気者だからだろうか。

部屋に入ると、シンプルな1Kの間取りだった。玄関の右手に小さなキッチン、左手にユニットバス。リビングは六畳ほどで物は少なく、どこか寒々しい印象を受けた。

「例のものは？」

彼は窓際を指差した。

出窓の上に、帽子、トレーナー、ぬいぐるみが整然と並べられていた。近づき、帽子とトレーナーの匂いを嗅いでみる。何も感じない。ぬいぐるみも、ただの布製の人形にしか見えなかった。

彼は淡々と話した。

二人が地元の東北で出会ったこと。彼のきなくさい事情で横浜へ逃げるように移り住んだこと。初めて来た土地で、朝方の家系ラーメンを二人で食べたこと。初めての同棲生活が楽しくて仕方がなかったこと。

それが、ある日突然終わったこと。

彼女が「ちょっと帰省してくる」と言い出したとき、彼はにこやかに「気分転換でもしておいで」と送り出した。

翌日、彼女からの電話。

『……お前のせいだ』

『お前との生活なんて、うんざりだった』
彼女の声は、まるで別人だった。
その翌日、彼女の母親から連絡が入った。
『娘が裏の雑木林で首を吊りました』
『葬儀には来ないでください』
驚くほど冷たい声だった。

彼の話を聞いている間、部屋の中では奇妙な音が鳴り続けていた。
コン、コンコロ、コン。
金属製の何かを転がしたような音だった。
それが、部屋の壁の中をゆっくりと移動する。
(何なん？　この音？)
私はこれも怪異の類いだろうかと怪しんだ。
すると、
「何なんですか、さっきからこの音……？」
と、彼のほうが不安そうに呟いた。

「え、いつもしないんですか?」

「いや、初めて聞きました……」

音はゆっくりと、部屋の周囲を回るように響いていた。

そして、ちょうど窓枠のところで止まった。

我々は沈黙したまま、窓のほうを見つめるよりほかなかった。


帰宅後、私は預かってきた品を机の上に並べた。

ぬいぐるみも、そこにあった。確かに、私が受け取ったはずだ。

夜更けまでダラダラと作業をしていたとき、スマホの通知音が鳴った。

『ぬいぐるみが動いた』

彼からは、それだけのメッセージが届いていた。

すぐに返信を送ったが、既読はつかないままだった。

電話を掛けても、繋がらない。

次の日も、次の日も連絡が付かない。

その後、何度メッセージを送っても、彼からの返信はなかった。

不安が募る中、ふと机の上のぬいぐるみを見た。

その上に、一本の髪の毛が落ちていた。
黒く、艶があり、長さは肩ほど。
彼女のものとしか思えなかった。
彼は今、どこにいるのか。あの部屋は、今どうなっているのか。
鍵が壊れたままのあの部屋を、確かめに行くべきなのか。

そう思いつつ、私はまた仕事をしたりぼんやりする日々を繰り返している。

田中俊行ドローイング「無題５」

お寺の話

田中俊行

「すーゆさん」の職場の同僚Sさんは、北海道名寄市にある真言宗のお寺の出身だ。Sさんによると、お寺という場所は現実と異界が交差する場であり、目には見えないものの存在を感じることが日常的にあるという。

ここでは、Sさんがすーゆさんに話してくれた怪異譚を幾つか紹介する。

一　音で知らせる存在

お寺の本堂には、住居スペースへと続く古い木製のドアがあった。

このドアは建て付けが悪く重たいものだったため、普段は閉じられており、風で自然に開いたり閉じたりすることはほとんどなかった。

しかし、あるときからドアが誰かに押されたかのように「バタン」と音を立てて閉まることが増えた。そして、そんな日には必ずと言っていいほど檀家《だんか》から「身内が亡くなった」という報せが入る。

この一連があまりにも続くようになったため、寺ではドアが閉まるとすぐに本堂の掃除や境内の雪かきを行い、訪問者を迎える準備をするのがお決まりとなった。

だが住居の建て替えが行われた際に件のドアも新しいものに交換され、以来、不思議な現象はパタリと止まった。Sさんは「新しいドアの開け方が分からなくなったのかもしれない」と冗談交じりに語った。

二　お参りに来る霊

お正月やお盆の時期になると、本堂の木の床がギシギシと軋む。誰かが歩いているような気配を感じるものの、確認すると誰の姿もない。やがて、納骨堂の扉がゆっくりと開き、厨子を開ける音が響く。そして、おりんの澄んだ音が本堂の静寂の中に響き渡る。しばらくすると、厨子を閉じる音がし、納骨堂の扉が再び静かに閉じられ、気配はスッと消えていく。この現象は毎年のように繰り返されたが、家族は特に怖がることはなかった。Sさんは、「多分、別の土地に嫁いだ女性が、亡くなった両親に会いに来ているんだと思う」

と話す。気配がする間はじっと静かにし、見ている素振りを見せると気配が消えるため、邪魔をせず、ただそっとしておくのが暗黙のルールになっている。

三　餓鬼を見た日

施餓鬼会《せがきえ》とは、仏教の儀式の一つで、特に飢えや渇きに苦しむ餓鬼や、供養されない無縁仏の霊を供養するための法要だ。主にお盆や特定の法要の際に行われることが多く、特に真言宗や天台宗、曹洞宗、浄土宗などの多くの宗派で実施されている。

二十年ほど前、お寺で大規模な施餓鬼会を行った際、Ｓさんの叔父が本堂で奇妙なものを見た。準備をしていると、本堂の隅を小さな影が動いているのに気付いたのだ。見るとそれは異様に痩せ細り、目だけが異様にぎょろりと大きい人型の何か。しばらくすると、それは本堂の奥へ向かい、ふっと消えてしまった。

法要が終わり、夜になって家族がくつろいでいると、誰もいないはずの本堂からチーンとおりんの音が聞こえてきた。全員がそれをはっきりと聞き、誰かが入り込んだのではないかと本堂を確認したが、そこには誰もいなかった。そのときになって、叔父は初めて「あのとき、餓鬼を見た」と家族に打ち明けた。家族は驚いたが、「施餓鬼の供養を受けて、感謝の気持ちでおりんを鳴らしたのではないか」と考えることにした。

以降、施餓鬼会では必ずおりんを鳴らしてから終えるのが習わしとなった。

四　石の話

ある日、札幌市からとある一家が寺を訪ねてきた。

「こちらは北面不動尊の寺でしょうか？」

両親と息子。

息子は両親に肩を支えられて、やっと立っている。

確かにこの寺には「北面不動尊」という御本尊が安置されているが、その本尊が市外に広く知られているわけではない。

話を訊くと、若い男性は数ヶ月前から原因不明の体調不良に苦しんでおり、病院を転々としても改善しないのだという。藁《わら》にもすがる思いで拝み屋を訪ねたところ、「お前が持ち帰った石が原因だ」。その「石」とは、彼がドライブをしていた途中で車を降りた折、何となく足元から拾ったもので、特に珍しい石というわけでもない。

しかし、言われてみれば拾って以来体調がおかしい。

拝み屋は、

「この石は夫婦石だ。対になっていた片割れがまだ同じ場所に残っているはず。もう一つを持ち帰り、北面不動尊の寺に納めれば障りは消える」

と言った。

家族はその言葉を信じ、再び石を拾った場所へ行き、似た形の石を探し出した。

そして、二つの石を持って再び寺を訪れたというのだ。

「そういうことでしたら」

住職は石を受け取り、お経を唱え始めた。

すると、それまで横になっていた男性が、ゆっくり身体を起こすと、ようやく座れるようになり、お経が終わる頃にはきちんと正座できるほどに回復した。

驚いた住職は預かったその夫婦石を、寺の裏庭の奥に置くことにした。

夫婦石は夜になると微かに「コツン……」という音を鳴らす。

「まるで、元の形に戻ろうとしているかのようにね」

と、Sさんは静かに話してくれた。

田中俊行ドローイング「無題６」

銀杏《いちょう》の木

田中俊行

「けーつーさん」から聞いた話。

話は三十年以上前に遡る。


けーつーさんの家は、ある仏教系の宗派の檀家だった。

その宗派では霊的な存在を認めておらず、天国や地獄といった概念もあくまで比喩的なものとして捉える傾向にあった。

「今考えると、それが禍の元だったのかもしれない」

けーつーさんの家のすぐ近くに、正にその宗派の寺があった。

古い住宅地の中にあるため、それほど大きな敷地ではなく、本堂、宿坊、小さな墓地と境内だけの、こぢんまりとした寺だった。寺の前の道路は狭く、車がすれ違うこともできないほどの幅しかない。

寺の向かい側には、町内でも有名な旧家があった。広大な敷地を持つその家は、寺よりも大きな敷地を有していたが、そこの家人は町内で「ドケチでイケズ」と噂され、以前より地域住民から嫌われていた。

寺の境内には、大きな銀杏の木が一本あった。

大人が両腕を広げても届かないほどの太さで、どっしりとした幹を持ちながらも、それなりの高さ。子供会の盆踊りでは、この銀杏の木の周りで輪を作り、賑やかに踊る。


ある年の秋。

旧家の主人が、寺に苦情を申し立ててきた。

「お前んとこの銀杏の葉っぱが、うちの敷地に飛んできて迷惑や！　何とかせい！」

住職は、

「分かりました。銀杏の枝を少し切り落としましょう」

と応じた。

住職は町内の大工の親方に頼み、銀杏の枝は半分ほど伐採された。


一年後。

再び秋が訪れると、またしても旧家の主人が文句を言ってきた。

「おいおい！　お前んとこの銀杏、またうちの庭に葉っぱが落ちとるやないか！　いい加減にせえよ！」

住職が確認すると、確かに庭には銀杏の葉が落ちていた。

「分かりました。銀杏の木を切りましょう」

またも住職にお願いされた親方は弟子を一人連れ、作業に取りかかった。

銀杏はついに、地上三十センチほどの切り株のみ。住職は、立派な銀杏の木の周りで踊った子供達の笑顔を思い出すと、幾分寂しい気持ちになった。


銀杏切りの翌日。

「おい。あいつは今日、無断欠勤か」

寺に同行していた親方の弟子が仕事に来なかった。

翌々日、またも来ない。

次の日も、明くる日も弟子は来ず、結局二度と職場に来ることはなかった。

そして、一週間後には親方も行方不明になった。親方にも弟子にもどうにも連絡が付かず、姿を見た者もいない。そんな中、まず弟子が死体で見つかった。

彼の車は隣の県に続く山道のガードレールを突き破り、谷底に転落していた。運転席で発見されたとき弟子はパジャマ姿で財布も免許証も持っておらず、身元は車のナンバーから特定された。

弟子の訃報もどこ吹く風と言わんばかりにまだまだ姿を見せない親方は、とっくに捜索願いが出されていたが、発見されたのは失踪から約一年後のこととなった。遠く離れた県のパチンコ屋の駐車場で、不審死しているのが見つかったのだ。

弟子同様に親方の身元を特定する手掛かりは所持されておらず、唯一、歯の治療痕が珍しいものだったため、それを頼りに本人と判明したという。

不幸は、住職の家にも訪れていた。

住職の長男が突如精神を病み、専門の施設に預けられることとなったのだ。

住職の跡取り息子が精神を病むなど、あってはならないことだった。当初、これは住職の家族とごく一部の人間しか知らなかったが、人の口に戸は立てられない。程なくして町中の噂となった。

このような様相の中、銀杏の木を切らせた原因である向かいの「ケチでイケズ」一家は何事もなく暮らしていたというから、人の世とは理不尽なものだ。

ここで話は現在に戻る。

けーつーさんが三十年ぶりに実家へ訪れると、寺は健在であった。

むしろ、塀が綺麗に建て直されているは、境内は駐車場に改装されているはと、羽振りの良さすら感じられた。

あの銀杏の切り株は、影も形もなくなっていた。

一方、向かいの旧家は工事現場の足場と金属のトタン板でぐるりと覆われていた。

建て替えでもしているのか。相変わらず、金ならあるだろうに。

そう思いながら、トタンの隙間から中を覗くと、そこにはただの空き地が広がるばかりであった。

後日、八五歳になる母から詳しく話を訊くと、その家は事業に失敗し、一家離散したとのこと。「きっと土地は売られたんやろう。でもな、不思議やろ？　その後、十年以上も空き地のまま、誰も手を付けんままや。銀杏の木の祟りやろな。お寺の木やから御神木とは呼ばれへんかもしれんけど、それくらいの樹齢はあった。何らかの魂は宿っとったと思うわ。あんなもん、人殺しと変わらへん。むしろ、人よりも、もっともっと神に近い木を殺したんやと思う。代々の住職と町の人が大事に守ってきた木を、御住職の一存で切ったんは間違いやった。あれは、やったらあかんことや」

「神仏に仕える者が、何でそんなことも分からんかったんやろうなぁ……」

町の人々は、今もそう噂している。

寺は長男の代わりに養子を迎え、跡を継がせているのだそうだ。

田中俊行ドローイング「無題７」

念

存在

田中俊行

ハンドルネーム『四国の者』さん（以下、四国さん）から聞いた話。

彼はとある食品関係の会社に十四年勤める工場長だ。

その会社は設立七十年を迎えており、今から四十年前に工場を作ったという。

地方都市の企業ということもあり、年々人手不足が問題となっていた。

外国人労働者を積極的に受け入れる体制を整えたのには、そんな理由がある。

二年前、ベトナム人の労働者、Tさんが四国さんの元へ相談にやってきた。

Tさんは日本語が堪能だったが、話す内容はとても奇妙なものだった。

「生産ラインで作業していると、鉄骨階段と大型機械の間に、ずっと中年の日本人女性が立っているのが見えるんです」

彼女が言うには、

「その女性は生きている人間ではない」

四国さんには到底信じられない話だが、Tさんの困り果てた様子をないがしろにはできない。遥々《はるばる》海の向こうから来てくれた彼女をどうにかしてやらねば。安心して働ける環境を作るのが工場長の役目なのだ。生きていない者だとしても、工場の邪魔になるなら相手をしてやろう。

聞くと、その中年女性はいつの間にか現れるようになり、Tさんに「不満がある」と訴えてくるという。

彼はTさんに、「その女に何が不満なのか訊いてみてほしい」と頼んだ。

「怖くて訊けないです……」

「そりゃそうか」

工場長は一旦話を聞き終わると、まずは胸に締まった。

しばらくした頃、Tさんと同じくベトナムから来た労働者の女性、Rさんが体調不良で休みがちになった。何でも調子が悪いときは、寮の部屋でひたすら寝込んでいるらしい。

心配になった四国さんはRさんの部屋を訪ねた。

部屋ではRさんとルームメイトのベトナム人女性が暮らしている。

「こ、これは、何事ですか？」

部屋に入ると異常な光景が広がっていた。

壁は黒カビだらけで、四国さんの応対をするルームメイトは尋常じゃなく不安そうな顔をしている。

「夜になると怖くて眠れません。布団の下に包丁を隠して寝ています」

何が具体的に怖いのかは分からないが、異常なことが起きているのは間違いない。

Rさんは二段ベッドで寝込んでいた。

彼は部屋を出たのち、Tさんに詳しく訊ねた。

「全部、私が工場で見るあの女のせいですよ」

女はRさんを気に入り、仕事中もずっと彼女の背後について回っている。それが原因でRさんの体調が悪化し、部屋のカビも酷くなった。

（それは不味いな……その女をどうにかしないと）

彼は改めてTさんに、女性の不満を聞いてもらうよう頼んだ。

Tさんは恐れながらも仲間のために工場の頼みを承諾した。

そして事実、彼女はある日現れたその女に「何が不満なのか」と訊ねた。

どのように訊ねたのかは定かではない。

声を出したのか。念じたのか。

それはそれとして、女は、

「私の名前は●●。四月十六日に私はここで死んだ。その日の午前中に花を供えて、毎年供養してほしい――」

と答え、さらに、

「――私の身内は誰も供養してくれない。だからここで手向けてほしい。午後は祈るために行かなければならない場所があるの」

と言った。

らしい。


ここで亡くなった人なんかいたかな。自分が勤めて十二年、死亡事故があったことはないが。それに、亡くなった後もやらねばならないことがあるのか。幾分興味はそそられるものの、いろいろとそら恐ろしい話だ。

Tさんの話を受け、四国さんは副社長に相談することにした。

副社長は驚きを隠せない様子だった。

「それ……ほんとに出ちゃってるかもね……」

「え？　工場で以前誰か亡くなっているんですか？」

「あぁ……確かに随分昔の工場ができた当初、女性が一人亡くなっているよ。大型機械に巻き込まれてね……」

「え、まさか……」

「本当だよ。ちょっと待ちなさい」

副社長は棚を探し、一枚の紙を取り出した。そこには、四月十六日に大型機械に巻き込まれて死亡した女性の記録があった。

さらに、Tさんが聞いた名前とも一致していた。

「こんなことがあるのか……」

このことを知っているのは社長、副社長、そして嘱託社員の三人だけ。一般の社員、ましてやベトナム人実習生が知るはずもない。

四国さんは、あの世の存在を感じた。

とはいえ、工場の通路に花を置くのは作業の妨げになる。

彼は副社長と議論を重ねた。

「確かに、道線上に花を置くのは危険だな……」

「幽霊の言うことを聞きすぎると、要求がエスカレートするかもしれませんし……」

そう話している最中、
ツ――――――ッ。

二人の顔の間を、天井から蜘蛛が糸を垂らして降りてきた。

(女に見られている！)

二人はそう感じた。

「……副社長、色とりどりの花を」

「そうだな。綺麗な花を」

二人は意見を変え、毎年四月十六日に花を供えることを決めた。

その後、Rさんの体調は回復し、部屋のカビも消えた。

そして、Tさん曰く、いつの間にか女性の姿も見えなくなったという。

この会社では今でも可哀想なかつての労働者の命日に午前中に花を手向けている。

女はもう現れない。

ごく稀にしか。

繁忙期、四国さんは従業員から「見たことのない女が作業を手伝っているのを見かけた」と報告を受けることがあるのだそうだ。

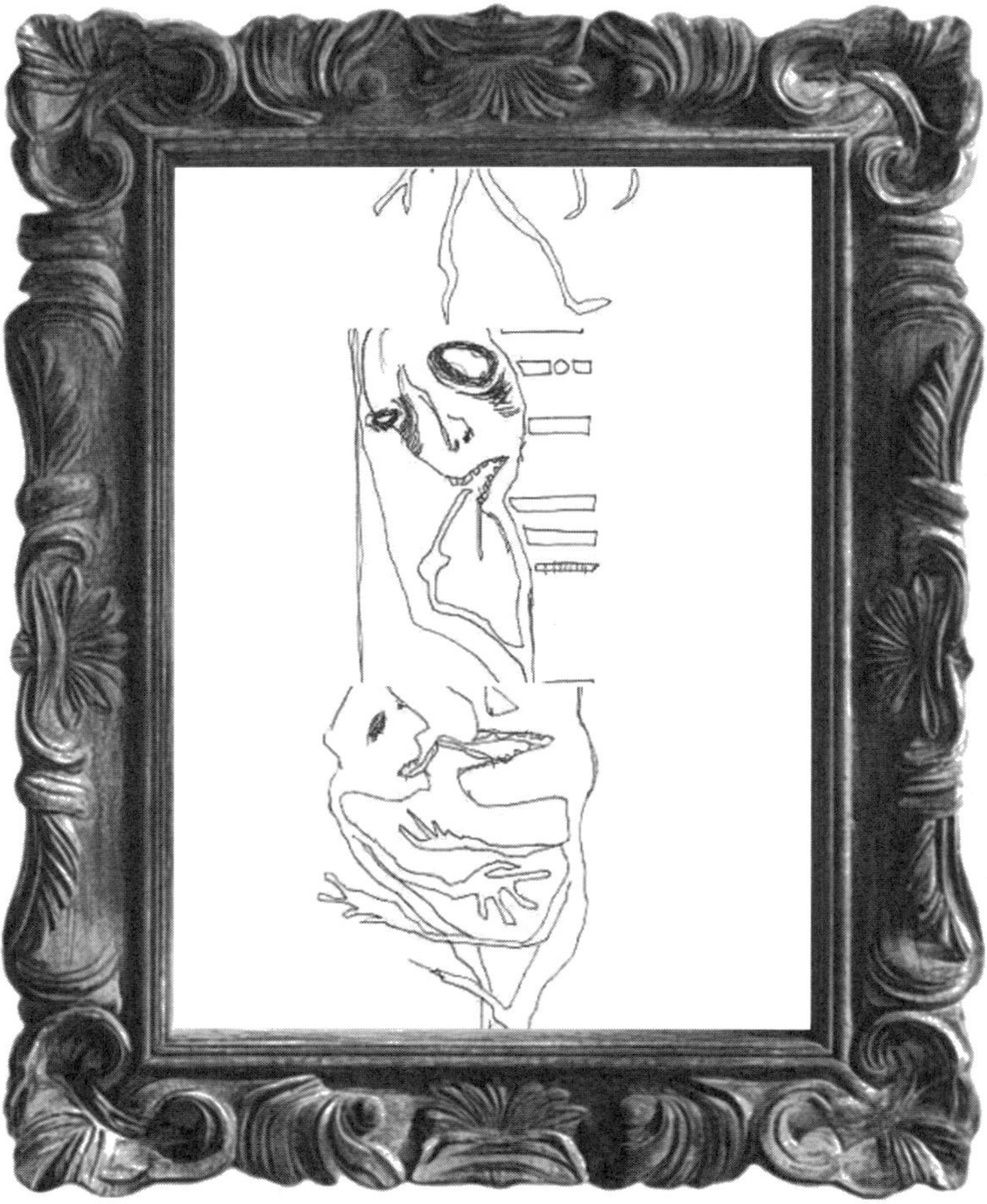

田中俊行ドローイング「無題８」

枇杷《びわ》の木

田中俊行

Mさん一家が徳島県内のとある分譲住宅に引っ越したのは、Mさんが四、五歳の頃。新しく造成された住宅地の一角にある、庭付きの綺麗な家が新居となった。そして、その家の庭には一本の枇杷の木があった。

毎年五月から六月に掛けて、たわわに実を付ける庭の木。果実は甘く瑞々しく、Mさんの幼い記憶の中でもその庭の光景と嬉しい味わいはひときわ鮮やかに残っている。

家には、父、母、祖母、叔母、そしてMさんの五人が暮らしていた。概ね、穏やかで温かな日々——だが、Mさんだけが感じている異変があったという。小学校に上がる頃から、夜中に目を覚ますことが増えた。そんな中聞こえてくるのは、知らない男達の話し声。

しかし、姿はどこにもない。

家族に話しても「そんなはずはない」と取り合ってもらえなかった。

そんなある日、住宅地全体で下水道工事が始まった。

工事の最中、作業員が声を上げた。

「青石が出てきたぞ」

徳島では、阿波青石と呼ばれる緑色片岩がよく知られている。城の石垣や墓石としても使われていたものだ。そして、この石が掘り起こされる場所では、しばしば甕《かめ》が一緒に見つかる。

それは土葬の跡——。

Mさんの父は不安になり、工事現場の監督に話を聞きに行った。すると、出るわ出るわ、無数の甕。中には既に骨はなく、黒ずんだ水が溜まっていた。

「この土地は、かつて墓地だったんですよ」

父に監督からの報告を教えられたとき、Mさんの背筋は凍った。

まさか、自分が住む家の下に、そんなものが埋まっていたとは……。

時は流れ、中学生になったMさん。

今度は夜になると、見えない誰かに身体を触られるようになった。

はっきりとした指の感触。

それが現実なのか、夢なのかも分からない。

家族に訴えても、相変わらず信じてくれなかった。

そしてそれが日常となったMさんはいつしかその何かとの接触に対して無関心になった。

そのまま、幾年月。

Mさんが三十代を迎えた頃、家族に不幸が続いた。

その年の春、祖母が亡くなった。

夏には母が亡くなった。

翌年、叔母が亡くなった。

女性だけが、次々と命を落としていった。

Mさんは違和感を覚えた。

「次は私の番なのか……？」

このままではいけない。そう思ったMさんは、知人の勧めで隣県にいる霊媒師・Sさんを訪ねた。

Sさんは、Mさんを見るなり言った。

「ベッドに横たわる女性（亡くなった親族の誰か）らしき人の横に丸い玉のような何かがいる。二つか三つ、丸く大きく手足もあるような、人ではない何か妖怪のようなものですね」

Sさんは、目を瞑《つむ》りその〈玉〉の正体を探ろうとした。

するとSさんの口から〈玉〉が言葉を発し始めた。

「約束したから……巫女になると、約束したから……」

Mさんは身震いした。

「巫女？　……うちの家系は巫女なんかじゃない……」

〈玉〉との交信を終えたらしいSさんは、今度は自分の言葉でこう続けた。

「あなたの血族に、その約束を交わした者がいるのです。約束を守らなければ、連れて行かれる」

さらにSさんは、家の土地についても言及した。

「あなたの家の下には、かつて僧侶達が埋められていましたね。○○宗のお坊さん達ですよ」

「……やっぱり……」

Mさんは、かつて見つかった大量の甕のことを思い出した。

Sさんは、Mさんが幼い頃から聞いていた男達の声についても言った。

「あの人たちは、生前、禁欲の誓いを立てていました。けれど、亡くなってなお、その欲が抑えられなかったのでしょう……あなたが感じていたのは、彼らの欲の奔流です」

Sさんは、何度も何度もMさんの家を訪れ、何かしかの儀式を行っては土地の浄化に努める。真摯に亡者と向き合うその姿勢にMさんはすっかり心を打たれてしまう。

見えないものに対し抱くべきものは、〈恐れ〉ではないのかもしれない。

そして、ある年——。

家の庭に生えていた枇杷の木が、突如として枯れた。

Mさんは驚き、Sさんにそのことを伝えた。

「ああ、やっと浄化できましたね」

Sさんは、微笑みながら言った。

「枇杷の木はね、土地の悪い気を吸い取って成長するんですよ。長い時間を掛けて、あなたの家を守っていたのです」

枯れた枇杷の木を見つめながら、Mさんは静かに手を合わせた。

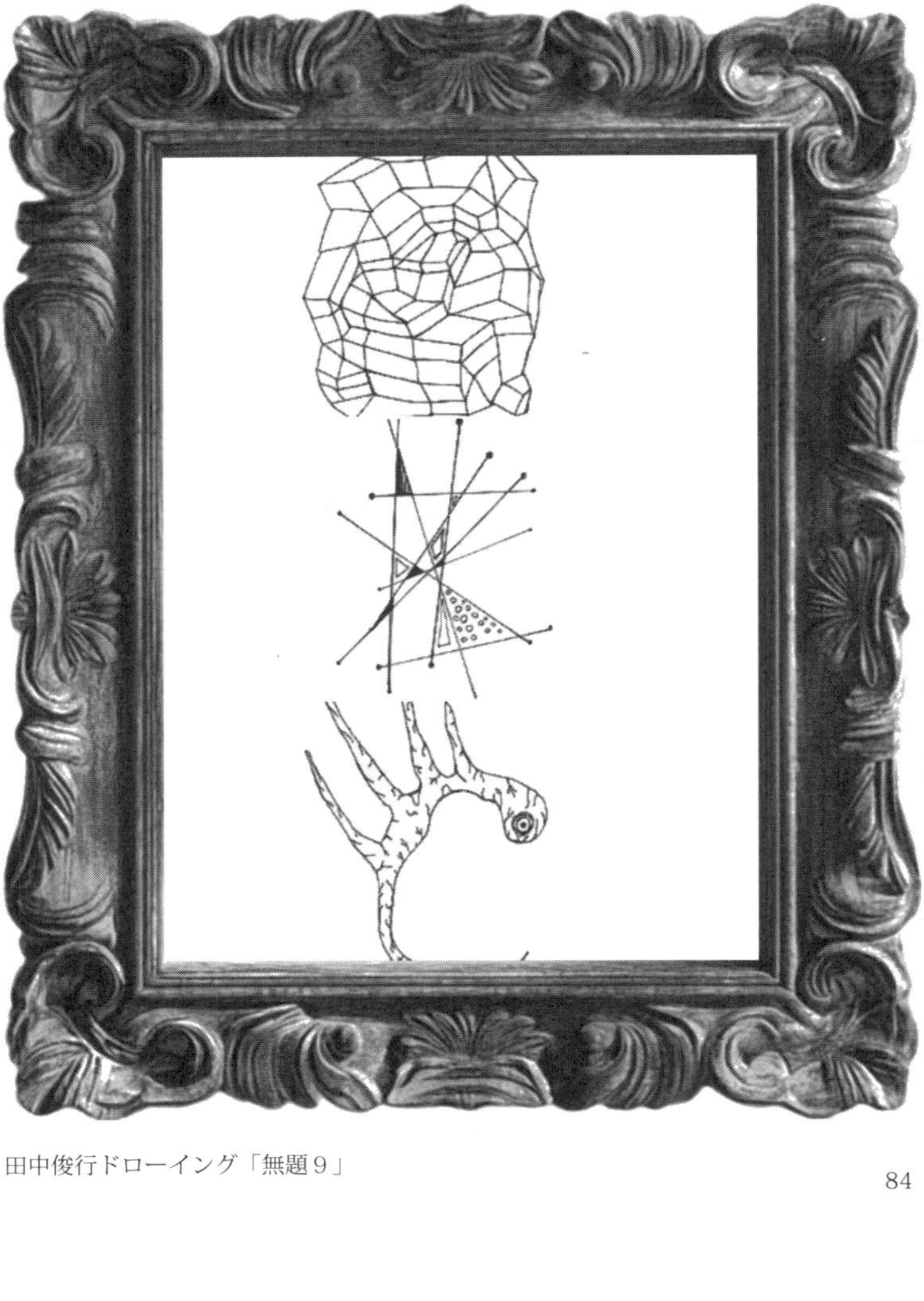

田中俊行ドローイング「無題９」

黒い渦

田中俊行

四国の某所に住むＨさんが、十九年前の夏の夜に体験した出来事。

当時の仕事は忙しく、日付を超えるまで働くことが当たり前だった。

その日も勤務中にふと時計を見ると既に午前一時半を回っており、すっかり仕事の効率が落ちてきていたこともあって、諦めて帰宅することにした。

オフィスの鍵を掛け、タイヤの小さな折りたたみ自転車にまたがり、自宅に向かって走り出す。

しかし、その日は翌日が休みだったこともあり、「たまには違う道を通って帰ってみようか」と、少し遠回りをすることにした。

それが間違いだった。

Ｈさんは昔から「見てはいけないものが見える」ことがあった。

だからこそ、普段はできるだけ明るい道を選んで帰るのを習慣にしていた。

その日は、何となく気を緩めてしまったのだろう。

一応は明るい県道沿いを走ることにしてはいたのだが、予想に反して歩道だけは途中から横に逸れた。このまま自転車で進むには、道路の高架下の薄暗いトンネルを通らなければならない。

（いつもの道にしておけばよかった……）

青白い光に照らされたトンネルに入り、気持ちを紛らわせようと明るい鼻歌を口ずさむ。

そのままトンネルを抜け、土手を上がるための小さな道を登っていると、前方の暗闇に違和感を覚えた。

まずは自身の疲れ目を疑う。しかし目を擦ろうが瞬きを繰り返そうが、この先の暗闇にあるそのシルエットは消えそうにない。

前進しながら、目を凝らす。

すると、ブラックホールのような真っ黒な渦が五メートルほど先に見えた。

闇が渦巻いているのだ。

渦の中では手や頭らしきものが、ぐるぐると回転している。

まるで地獄絵図だった。

「……っ！」

逃げなければ。

本能的にそう悟ったHさんは、自転車をターンさせ、立ち漕ぎで必死にその場から離れた。どの道を通ったかも今は覚えてもいない。

ただ、ひたすらにペダルを踏み続け、自宅へと向かった。

その夜は、家中の電気とテレビを全て点けたままにした。

暗闇が怖かったのだ。

渦が、渦の中にいたものがどこかからこちら見ている気がしてならなかったのである。


数日後、Hさんは知人のバーを訪れた。

カウンターに座り、いつものようにジントニックを傾ける。

夏の夜らしく、店内は涼しく、程よいアルコールが疲れた身体を癒やしてくれるはずだった。

しかし、その日は思った展開と違った。

カウンターの客達と、なぜか怪談話で盛り上がる流れになってしまったのだ。

皆に促されたHさんは、あの日見た黒い渦の話を語ることにした。

カウンターの客達は身を寄せ合い、興味深そうに話を聞いていた。

ところが、店員のSさんだけは話を聞くうちに表情を曇らせていった。

「それ……あの土手の近くだよね？」

Sさんはいかにも嫌そうな顔をして、そう言った。

Hさんが頷《うなず》くと、Sさんは真剣な表情で語り始めた。

「数年前、あの場所で大規模な建設工事があったんだけどさ……そのとき、大量の人骨が出てきたらしいんだよ」

「人骨……？」

「そう。しかも、一人や二人じゃない。……数十人分の骨」

工事は即座に中断され、大手ゼネコンが専門家を呼び、全ての人骨を掘り起こし、丁寧に供養したらしい。

作業中に何か怪奇現象が起こったわけではなかったが、やはりそれほどの数の遺体が埋まっていたとなれば、慎重に対処せざるを得なかったらしい。

「どうしてそんなに……？」

Hさんが訊ねると、Sさんは低い声で答えた。

「はっきりとは分からない。ただ、戦時中……遺体の処理場に使われていたんじゃないかって噂がある」

ええ、と皆が驚き、話にオチが付いたかのような雰囲気が場を包んだ。

しかし……。

「……おかしいな」

Hさんは思わず呟いた。

「何が？」

「いや……確かに、供養されたんだろうけどさ……だったら、何で、俺はあの渦を見たんだ？」

「え？　まあ、でもそういうのって、そんなものなんじゃない？　ルールとか分からないから……」

Hさんは、あの場にまだ埋まっているものがあるのではと疑っている。

だから、その道を二度と通らない。

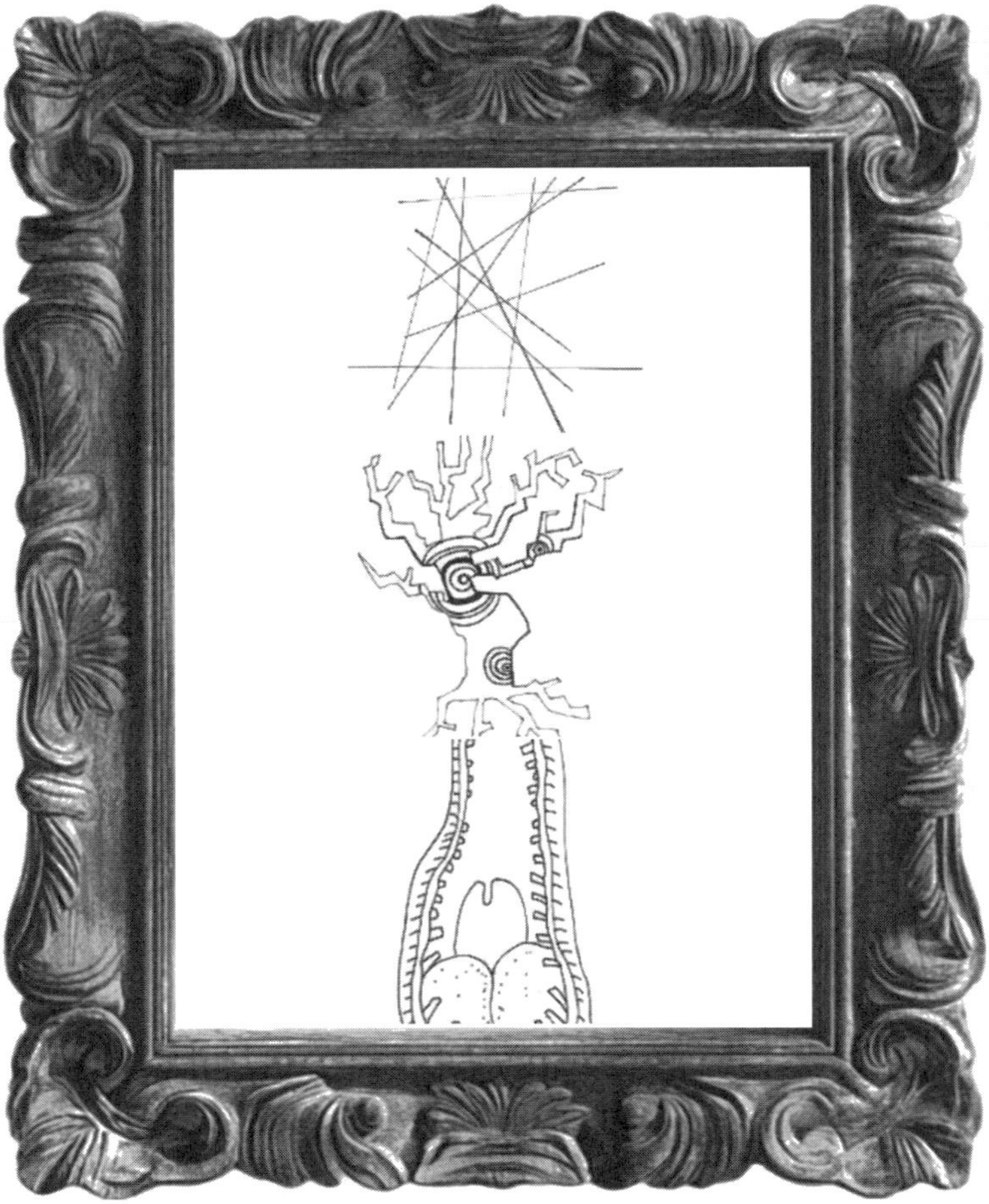

田中俊行ドローイング「無題 10」

武家屋敷

田中俊行

この話は看護師のSさん、その母と叔母、祖母の体験談だ。

信じられない怪異現象のつるべ打ちとなるこの体験を、なるべくそのままお届けする。

祖父の死後、祖母と母、叔母の三人はM県のとある古い武家屋敷の一部を間借りして暮らすことになった。

屋敷には「開かずの間」があり、庭には古い井戸があった。

周囲は三方を竹藪に囲まれ、昼間でも薄暗く、異様な雰囲気を醸し出していた。

同じくそこに住んでいた一人の老婆は、なぜかカタツムリを生で食べるという奇妙な習慣があり、母はいつもその姿を見て恐怖した。

母や叔母がまだ幼い頃、布団を何度も引っ張られる、天井から眼だけがじっとこちらを見ているなども日常的に発生。

さらには叔母がある日「祖父が白装束を纏い笑顔で横断歩道を渡る姿を見た」と言うのだから、いきなり怪異のオンパレードである。

時が経ち、Sさんの母と叔母はそれぞれ結婚して家庭を持ち、晴れて武家屋敷を離れることができた。これは嬉しい。

しかし。

Sさんが高校生の頃、祖母が肺炎で亡くなった。

叔母の精神状態が悪化し始め、そのまま記憶喪失になった。自分の子供の顔も分からず、家族のことも覚えていないというのだ。

叔母は繰り返し、「自分の家に帰る！」と主張するようになった。

聞くと、彼女が言う「自分の家」とはあの武家屋敷のことらしい。

母は叔母を説得し、今は誰も住んでいない、それはあなたの家ではない、ということを示すため、車で武家屋敷の前に連れて行った。

屋敷は以前にも増して荒れ果て、入り口は頑丈な扉で封鎖されていた。周囲には有刺鉄線が張り巡らされている。竹林は鬱蒼《うっそう》と生い茂り、かつて見えていた井戸がどこにあるのか見当も付かない。

叔母はその光景を見て、「あら、本当だねぇ……」と納得した様子だった。

だが、

「侍が立ってる」

とも言った。

「小さな子供が車に乗ってきたね」

とも呟いた。

それを聞いた母は、かつて感じていた武家屋敷の怪異の数々を思い出し、車を急発進させた。

しかし、既に遅かった。

自宅に戻ると、叔母の言った通り、おかっぱ頭で赤い着物を着た少女が車の後部座席に座っていた。

彼女は何も言わず、ただ鞠《まり》を突いて遊んでいた。

そして、庭には脇差しを差した侍の霊が、じっとこちらを見つめて立っていた。

その日を境に、叔母は突然自傷行為を繰り返すようになった。

トイレにこもっては画鋲で手首を傷つける、ナイフやフォークを見ると自分を傷つけようとする。

家族は二十四時間、叔母を監視し続けなければならない状況に追い込まれた。

重ねて叔母がトイレに入るたび、目付きや表情、声までもが変わるようになった。

「丑の刻にまた参る……」

そう呟くと、彼女の口調はまるで江戸時代の武士のようになった。

毎夜二時、侍の霊は庭に現れ、機会を見つけては叔母の身体に憑依し、怒りをぶつけた。

家族は線香を絶やさず焚き続けた。

すると、数日後、侍の霊は「時間がないのだ……！」と苛立ちを募らせ、次第に攻撃的になっていった。

ある晩、ついに侍の霊が白装束の落ち武者姿で現れた。

彼は腹に刀を突き立て、血を流し、苦悶の表情を浮かべながら正座していた。

叔母は激しく震え、弟は「松之助が見えた……！」と叫び、飛び起きた。

武家屋敷で見たあの目玉も、ガラス戸越しにこちらを覗いていた。

ついに、侍の霊は「そこを退け！！！」と叔母の身体に憑依し、暴れ出した。

大人三人掛かりで押さえつけるも、叔母の力は尋常ではなく、男の声で怒鳴り続けた。

「時間がないのじゃ……！」

しかし、ひたすら線香を焚き続けると、次第に力が抜けていった。

そして最後に、かすれた声でこう言った。

「む……無念じゃ……」

そう呟くと、叔母の身体からスッと抜けていった。

叔母は、最後にこう呟いた。

「……目玉が、こっちを見ている……」

そして、それを最後に、松之助の霊は現れることはなかった。

それ以来、Sさんの家族は誰一人として武家屋敷には近づいていない。

松之助が、何の恨みを抱えていたのかは分からない。

しかし、彼が四十年以上も叔母の魂を狙い続けていたことは、紛れもない事実であった。

無念を抱いた魂は、時を越えてもなお、生者を引き寄せる力を持つのかもしれない……。

楽しんでいただけたでしょうか。

田中俊行ドローイング「無題 11」

病院

田中俊行

Tさんの母が、人生で一番怖い体験をしたのは二十代の頃だった。


当時、Tさんの母は京都の個人病院で医療事務として働いていた。

その病院には寮が二つあり、新しく綺麗な寮と、古くてあまり人気のない寮があった。

母は人と群れるのが得意ではなかったため、あえて古い寮を選んで暮らしていた。

ある日の夕方、仕事を終えて寮に戻ろうとしたとき、病院に救急車が到着した。

急患が運ばれてくるのは珍しいことだった。

慌ただしくストレッチャーが運ばれてくるのを見た瞬間、母は驚いた。

運ばれてきた女性の顔を見て「この人、知ってる……」と思ったのだ。

母の実家は広島の小さな島にあり、そこに住む人の顔は皆知っていた。この女性もその一人で、特に親しいわけではなかったが、顔を見ればすぐに分かるほどの間柄だった。

しかし、なぜ彼女が京都の、しかもこんな小さな病院に運ばれてきたのか？　不思議に思いながらも、母はそのまま寮に戻った。

仕事の疲れもあり、母は早めに布団に入ったが、夜中にふと目が覚めた。

線香の匂いがする。

鼻を衝くほど濃厚な線香の香りが、部屋の中に漂っていた。

（こんな時間に？）

そう思った瞬間、身体が動かなくなった。それと同時に、足元から何かが這い上がってくる感覚があった。身体がどんどん重くなり、息が詰まるような圧迫感が増していく。そして、どこからともなく低く響く般若心経の声が聞こえてきた。

母は恐ろしくなり、目をギュッと閉じた。脳裏にはなぜか険しい表情をしたお坊さんの姿が浮かぶ。

このままでは潰される。

母は必死に力を振り絞ると思い切り起き上がり、その勢いのまま部屋の電気を点けた。

明るくなった部屋の中には線香の残り香だけがあった。

翌日、母は恐怖で震えながら、隣室の同僚に昨夜の出来事を話した。

だが同僚は「疲れすぎて夢を見ただけじゃない？」と取り合わなかった。

昼休み。

「昨夜運ばれてきた急患の女性が、今朝亡くなった」

と報せが来た。

母は医療事務のため、その死について詳しいことは教えてもらえなかった。

彼女が運ばれてきたとき、お腹が膨らんでいるように見えた。

もしかしたら妊娠していたのかもしれない。

般若心経と亡くなった女性にどんな関係があるのか、そもそも関係があるのかどうかは、
誰にも分からない。

田中俊行ドローイング「無題 12」

さゆりさんのお話

田中俊行

どんどんどん。

どどんどどん。

さゆりさんの祖父は地元で名の知れた太鼓の達人で、地域の祭りなどで大活躍していた。

幼い頃のさゆりさんにとって、祖父は優しく頼もしい存在だった。

祖父が太鼓を打ち鳴らす姿はまるで祭りの神様のように見えた。

そしてそんな祖父の亡きあと、さゆりさんの家では幾つかの不思議な出来事が起こるようになったという。


祖父の使っていた太鼓から音が聞こえるような気がしたり、家族が祖父のことを話すと、どこからともなく懐かしいお線香の香りが漂ってきたりした。勿論、さゆりさん自身も祖父の夢を見ることが多くなった。ただ、それは特に怖いものではなく、どこか温かく、祖父が見守ってくれているような気がしていた。

そんな中、特に印象に残っているのが、さゆりさんが二人目の子供を妊娠していたときに見た夢だった。そのとき、妊娠が分かり、病院でお腹の子の心臓が動き始めていることを確認できたばかりだった。安定期まではまだ少し時間があり、さゆりさんは期待と少しの不安を抱えながら日々を過ごしていた。

夢の中で、さゆりさんは祖父の家の居間にいた。そこには父や叔母達、親戚の人々が集まっており、賑やかな雰囲気だった。さゆりさんは、何げなく手にしていた雑誌をめくると、その中に祖父が特集されているページを見つけた。懐かしさと誇らしさが込み上げ、「見て！　おじいちゃんが載ってる！」と、叔母達に見せようとした。

しかし、いざページを開き直してみると、どこを探しても祖父が載っていたはずのページが見つからない。さっきまで確かにそこにあったはずなのに、何度めくっても、その記事だけが消えてしまっている。叔母達は「また見つかるよ」と慰めてくれたが、さゆりさんはどうしようもない喪失感を覚え、夢の中で泣きそうになった。

その後、さゆりさんは現実でも大きな悲しみに直面する。検診に行くと、赤ちゃんの心臓が止まっていることが分かったのだった。流産だった。夢の中で祖父のページが消えてしまったのは、もしかするとこの出来事を示唆していたのかもしれない。叔母達に子供を見せることができない、そういう暗示だったのではないか。そんな考えが頭から離れなかった。

失意の日々を過ごしていたさゆりさんだったが、しばらくしてまた祖父の夢を見た。

今度も同じく祖父の家の居間で、親戚達が集まっていた。すると、玄関のほうから祖父がゆっくりと入ってきた。生前と変わらない、穏やかで堂々とした姿だった。

祖父は、さゆりさんの従姉妹の名前を挙げて「○○のところに子供が来るぞ」と言った。

目が覚めてからも、その言葉が頭から離れなかった。不思議に思ったさゆりさんは、何げなく父親にその夢の話をすると、父は「そんな話は初耳だが……」と首をかしげつつ、念のため叔母に連絡を取ってみた。

「何で知ってるの？　まだ誰にも言ってないのに……」

その従姉妹はずっと子供ができず、何年も不妊治療を続けていた。半ば諦めていた矢先、ついに妊娠が分かったばかりだった。しかも、まだ安定期にも入っておらず、親族にも秘密にしていたのだ。叔母は夢の話を聞くと「おじいちゃんが教えてくれたんだね」と涙ぐんだ。

さゆりさんは、祖父が夢に出てくるたびに、その存在の大きさを感じるようになった。

夢の中では、祖父は特に多くを語るわけではない。ただ、静かに家族を見守り、必要なときにそっと寄り添ってくれる。
今でも祖父の太鼓の音を思い出すと、不思議と心が落ち着く。
どどん。

田中俊行ドローイング「無題 13」

お別れ

田中俊行

咲さんがまだ十七歳の頃、父方の祖父が癌《がん》で自宅療養の末に亡くなった。

朝方祖母がわずか五分、目を離した間に痰が詰まり、窒息してしまったのだという。

遠方に住んでいた咲さんはその報せを受け、家族とともに祖父宅へ急いだ。

祖父は仏間に寝かされていたが、その顔はまるで眠っているかのようで、今にも起き上がってきそうなほど穏やかだった。

「これがドッキリだったらいいのに」

そんな思いを抱えながら咲さんは祖父にすがりつき、声を上げて泣いた。

世話好きの祖父の人望は厚く、葬儀の日には多くの弔問客が訪れた。

その葬儀の場にて、咲さんはふと祖父の顔に妙な点があることに気付く。

——祖父の口の周りだけ、もやが掛かっている。

まるでそこだけ煙のようにゆらめき、もやもやと動いているのだ。

「これは何だろう……？」と戸惑っていたそのとき、母方の祖父母が到着し、祖父の枕元で　枕経を唱え始めた。

するとパッと、そのもやは消えた。

のちに聞くと、母もそのもやを祖父の口元に見たという。


祖父の火葬が終わると、仏間に簡易的な祭壇が設置され、そこに骨壺が置かれた。

咲さんと父は、なるべく祖父の傍に長くいようと、そのまま祖父宅に泊まることにした。

仏間には、祖父の遺骨とともに並べた布団があり、そこで咲さんと父は眠りに就いた。

そして、深夜。

……ギシッ。

畳の軋む音で目が覚めた。

（……誰？）

足音は自分の横まで近づくと、一度止まった。

目を開けるのが怖かった。

しばらくすると、足音は隣のリビングに向けて遠ざかっていった。

「聞こえた？」

と、咲さんは暗がりで横たわる父に声を掛けた。

父は黙って頷いた。

田中俊行ドローイング「無題 14」

鳴動

高田公太

オフィスのデスクの上でスマホが鳴動した。
誰からだろうと、裏返しのスマホを掴み、ひっくり返す。
掴んだ瞬間にスマホに揺れがないことに気がつく。
画面上には着信通知が残されていない。
気のせいか。
そう思っている間にまた、ブルルル、と机が振動する音。
揺れている物が今正に手中に収まっているスマホではないことは明らかだ。
見ると、小刻みに揺れているのはいつしか裏返しに倒れていた写真立て。
なぜ、これが揺れる。
手を伸ばし、写真立てを起き上がらせる。
写真に収まっているのは自分と妻、子供。

その中の、妻、だけが激しく震えていた。
こんなことになる理由が、山ほど思い浮かぶ。

おじさん

高田公太

木本さんは様々な飲食店を転々とする四十代のフリーターだ。

十代の頃に喫茶店でアルバイトをしたところ、自分が飲食店勤務に向いていると知り、そのまま今に至っている。現在の木本さんはホール経験も厨房経験も豊富で、どんなジャンルの飲食店であっても、言われたことをこなすのに苦を感じることがほとんどないという。

「仕事自体は楽に思えるんだけど、それぞれの職場での人間関係がまあ、いろいろあるよね。いつもバイトを変える理由は飽きたか人間関係が面倒になったか、そのどっちかだよ。ぶっちゃけ」

以前、木本さんがアルバイトで入った焼き肉屋で、こんなことがあった。

その焼き肉屋は駅から少し離れたところに建っていた。立地条件の割には繁盛しており、週末には予約と飛び込みで、閉店まで満席というのもざらにあった。

「忙しい店は時間が早く過ぎるから、あ、この店いいなって思ったのが最初の頃」

フードのラストオーダーが二十二時三十分、閉店は二十三時三十分としていたが、店長判断でさらに一時間営業することもあり、そんな日のガヤガヤとした盛り上がりはいかにも活気のある飲食店といった具合。

木本さんは厨房に入っていた。開店前の下ごしらえや営業中にオーダーされた肉や野菜を切り、下味を付けて盛り付けるのが主な仕事だ。

厨房のスタッフは二十代前半の若者が多く、その中では少しだけ歳が上かつ、これまでの経験から要領が周囲より格段に良かった木本さんは、店の要となっていた。初勤務より一ヶ月足らずで店長から「正社員にならないか」と誘われていたが、木本さんはのらりくらりと躱《かわ》していたそうだ。

「社員にはとにかくなりたくないんだよね。結婚もしたくないし。貯金はあるから、ずっと安アパートで悠々自適に生きたいかな。趣味も特にないしね」

気持ちが良いほど忙しい店。

慕ってくる仲間。

その焼き肉屋は働き心地が良かった。

冬のとある週末のことだった。

年の瀬が近づく給料日前ということもあり、その晩の客足はぽつりぽつりと数人一組が出たり入ったりを繰り返すばかりで、動きが穏やかだった。「今日は暇そうだね」と困りながら笑う店長の姿を、皆は久しぶりに見る。

今日は定時閉店だとスタッフ達は察し、空っぽの店内にラストオーダーの時間が近づいたくらいには閉店に向けた動きを一斉にしだした。店長もさっと店が閉まったほうがバイトの時給が掛からなくて助かるのだろう、こういう日は早くから伝票を前に電卓を叩き、締め作業を始めるのだ。

そうしてラストオーダーの時間まであと十分。

ドアベルがチリンチリンチリンと響いた。

「いらっしゃいませえ！」

ホールの数名が盛大に上げた声が清掃中の厨房に響いた。

何だ、客か。

早く帰りたかったな。

誰も声には出さなかったものの、厨房内での目配せがそう言い合い、木本さんの目線もそこに加わる。

「えええええ！」

次にホールから聞こえてきたのは、先ほど来店者に挨拶をしたばかりのホールスタッフによる驚きの声だった。客がいるなら、こんなに騒げるわけがない。結局、客は入らなかったということか。

「なあに、なあに、今の！」

「風？　こんなことある？」

「びっくりしたあ！」

その日のホールスタッフは全員歳がバラバラの女性達だった。

彼女達が口々にたった今起きた何かに対する感想を大声で喚《わめ》いていることは、厨房からでも分かった。店長の「いやあ。この店をオープンしてから先、こんなの初めて」という感想も聞こえてきた。

すぐさま厨房スタッフもホールに出て、様子を見ることにした。

店内に客はいないのだし、時間も時間なので、店は事実上閉店しているに等しい。

「どうしたんすか」

厨房スタッフのひとりが店長に声を掛けた。

「いや、ドアが開いてさ。そんで、また閉まったの」

「え？　それだけっすか」

「いやあ、だって、思いっきり開いてたよ。ねえ？　誰もいないのにあんなに開くことないよねえ」

店長がホールの女性陣に同意を求めると、彼女達も「いやあ、ほんとなのよ！　絶対にお客さんが来るって思ってたら、誰もいないのよ！」と店長に加勢した。

聞くと「銘々が片付けをしている間にドアベルが鳴り、客が来るのかと皆で見たらただドアが勢いよく開いただけで、結局ドアは無人のままゆっくりと閉まった」というのがホールスタッフと店長の驚きの原因らしかった。

厨房スタッフからしたら、この恐らくは自然現象の類いで生まれたであろう一連はただの笑い話である。けれども、どうも目の当たりにした者達にとってはよほど強いインパクトがあったらしく、閉店作業をしている間にも女性達は「ああ、背筋が寒い」「お化けかもよ。お化け」としきりに言い合っているのだった。


翌日の日曜日はそこそこに店が混み、翌々日の月曜は定休。

そして、火曜。

店長の様子がいつもと違った。

店長は五十二歳で、既婚者。

店長曰く、二人の娘は社会人となっており、長女は大阪、次女は宮城で働いているとのこと。木本さんは同僚からは「どうも店長の奥さんは専業主婦らしい」といった話を聞いていたが、詳しいことについては今もよく分からないという。

店長はいつも少しとぼけた雰囲気があったが、厨房にせよホールにせよ、仕事はてきぱきとこなし、その臨機応変な動きはいかにも現場上がりといった感じであった。

だが、その火曜日の店長は、ずっとぼんやりとしていた。

客が入り口ドアを開けて現れてもチラッと見るだけで挨拶をせず、何の意図もなさそうに辺りをきょろきょろと見る。オーダーが入っても、我関せずでテーブルに挟まれた真ん中の通路をただ奥まで歩き、また戻ってくる。かと思えば、レジに入り、ただ立っていること数十分。平日ということもあり、客足は芳《かんば》しくなかったが、それで不機嫌になっているというわけでもなさそうな、ただひたすらに呆《ほう》けているだけのように見えた。

「今日の店長、どうしたんだろね」

「体調悪いのかもよ」

「疲れてるんじゃない？」

店長の動きが悪くとも店は回るので、木本さんはこそこそとそんな会話を同僚と交わしながら、一日を終えた。店長の人柄は従業員から概ね好まれていたので、誰一人店長を悪く言う者はいなかった。


水曜日、店長はまたも様子がおかしかった。

打って変わって前日よりも客入りが良好の忙しない中、店長はふらふらと店内を歩いては「あーあ」と大きなあくびをしたり、厨房の冷蔵庫の前でしゃがんだまま動かなくなったりした。

こうなってはすっかり業務の邪魔となっている店長の動きを見かねて、「どうしたんすか？」と声を掛けた女性スタッフがいたが、店長からは「あ。いや。別に」と間延びした返答があるのみだった。

幸か不幸か、店長がこれほどまでの様子でも店は回る。

こんな店長ならいっそレジ締めの折以外は外にいてくれないかと従業員のほとんどが苛立ちつつ、水曜日の業務は終わった。

「頭おかしくなっちゃんじゃないの？」
「様子見て、まだあんなら病院だよ」

木曜日、店長は店に来なかった。
ホールスタッフの古株が店長の携帯に連絡すると、軽い調子で「上手くやっておいて」とだけ言われた。

金曜日も店長は来なかった。

土曜日は店に来たが、「この店、何か臭いね」「肉の臭いが、ちょっと気になるな」と独り言を吐いたのちにふらふらと外に出ていったまま、帰ってこなかった。
この時点でレジカウンターには締められていない数日分の伝票が溜まっており、従業員の間で「店長が完全に狂った」という共通認識が芽生え始めていた。

日曜日。
店長代理を名乗る中年男性が店に来た。聞くと店長の妻の弟で、「姉に頼まれてきた」

とのことだった。店長代理は店のことを何も分かっていなかったため従業員の頭数にも入らなかったが、「せめてこれだけは」と、レジ締めだけはしっかり行った。

「いろいろ、迷惑を掛けてすまないね。みんなは今まで通りに働いてくれたらいいから」

申し訳なさそうに店長代理はそう言った。

当然彼には本業があるそうで、「これからは平日はレジ締めの時間に、週末は用事がなさそうならオープンから顔を出す」とのことだった。気まずさから誰一人店長が現在どんな調子なのかを訊けず仕舞いとなり、そこから数ヶ月は店長不在のまま開店する体制が続くこととなった。

「責任者がいないとほんとこういう個人営業の飲食店ってダメになるんすよ。チェーン店みたいな細かいマニュアルがそもそもないのが問題なのかなあ。それぞれが勝手に動き出して、噛み合わないと揉めて。ホールと厨房も仲が悪くなっていくし、急に働き心地が悪くなったんだよね。それまでが良い感じだったから、悲しくなるくらい」

客からのクレームに対し、女性スタッフは声を荒らげて言い返す。

厨房の若者は無断欠勤をする。

店の清掃がおざなりになる。

肉と野菜の鮮度管理が怪しくなる。

そこでは駄目な飲食店の在り方のオンパレードが繰り広げられた。

木本さんは既に「辞職も時間の問題」と判断していて、機を見て店長代理にその旨を伝えようと考えていた。

そんなある日の営業中、一風変わったクレームが三人組の女性客から入った。

「さっき注文を取っていったおじさん、何であんなに臭いの」

「おじさん、ですか」

その日のホール担当は女性二人のみだった。そして、その二人はボタン式のブザーで呼ばれるまで厨房でサボっていたため、ホールにいたと言われる「おじさん」については何も分からない。

「お客さま、本日はホールに男性はおりませんので。そうおっしゃられましても」

「知らないわよ。あんた達と同じ制服着てたんだから、間違いなくここの店の人よ」

白シャツに黒のエプロンをして、首には蝶ネクタイがあったと客は言った。

応対をした女性スタッフの脳裏に店長の姿が浮かんだ。これに言い返すのは難しいのかもしれない。もしかしたら店長がまたあの妙な様子で自分達がホールから消えている間、ここに現れたのではないか。もしそうなら知らぬ存ぜぬと押し通したことでより面倒な事態を引き起こす可能性がある。

その場は「その者に注意しておきますので」と平謝りしてことなきを得たが、それから先の二週間も度々「凄い臭いの従業員がトイレから出てきた」「あんな黄ばんだシャツだと、清潔感ないよ」と、〈おじさん〉へのクレームが寄せられるようになった。

店長代理には〈おじさん〉へのクレームを受けた初日から随時報告がなされていたが、「ふむふむ。まあ、穏便に」と、話を理解しているのかどうかも分からない反応を彼は取るばかりだった。

このように〈おじさん〉問題で店内がさらにややこしくなった辺りで木本さんは店を辞めた。今ひとつ役に立たない店長代理と、何かというと揉める従業員達にはもうんざりだった。

「他の連中は潰しが利かないから、まだ働こうとするんですよね。あいつらは店長がいないことで半分遊んでるみたいに仕事できるってのも魅力的だったのかも。たとえ店内が険悪でも、どっか楽だと思ってたんでしょうね。俺はもう無理」

木本さんの有能さを知らない店長代理は、これっぽっちも彼を引き止めようとしなかった。

「そうかあ。まあ、この店もややこしくなったからね。お疲れ様。明日からもう来ない感じでいい？　もう少し働く？」

「明日から来なくてもいいんですか？」

「ああ、全然。今までありがとうね。時給はちゃんと月末に振り込むから」


その後、木本さんはしばらく貯金で食い繋いだのちにまた腰を上げ、次はイタリア料理専門のレストランに勤めることになった。その店は店員同士の会話こそ少なかったが、マニュアルがしっかりしていた。下ごしらえの仕事がとにかく多く、客足が悪くとも常にするべき仕事があったので、木本さんは心地よく仕事ができた。

件の焼き肉屋に関してはバイト遍歴のほんの一ページと思うようにしており、誰かに頼ってその後を詮索するような真似もせずにいた。


「ああ、木本さん！」

とある昼下がりに街で声を掛けられ、振り返ると見知った顔があった。

「お久しぶりです。お元気でした？」

こちらの返事を待たず気さくに話しかける彼は、焼き肉屋の厨房にいた若いバイトのケイタだった。

「おう。元気だよ。今はイタリアンで包丁握ってる」

「そうなんすね。木本さん、器用だもんなあ」

久しぶりだからお茶でも、と誘ったのは木本さんのほうだった。

曰く付きの古巣の同僚の顔を見た途端に、いろいろとあの焼き肉屋について知りたくなったのだ。「奢《おご》るからさ」と提案すると、若者は快諾した。

「ケイタくん、今はどうしてるの？」

「自分は引っ越し屋のバイトっすね」

「ああ、そうなんだ。飲食はもうやらないって感じ？　しんどいもんね」

「そうっすね。あの焼き肉屋で散々な目にあったから、もうしばらくは遠慮したいっすね」

「そっかそっか」ケイタは真面目なタイプだったが、それでもあの頃の焼き肉屋では周囲の雰囲気に飲まれてよくサボっていた。「散々な目」と言うからには、サボりつつも思うところはあったのだろう。

ケイタはアイスコーヒーをちびちび飲みながらバイトの給料や今後の就職に関しての他愛ない話を続けたが、木本さんは焼き肉屋の話にどうにか持っていきたかった。

「あのさ。俺、焼き肉屋を辞めてからほんとにあそこと繋がりがなくてさ。あそこって、その、今、どうなってんの？　店長は元気になったの？」

「え？　知らないんすか？」

「知らない。もうあそこのみんなと繋がりがないからさ」

ケイタは木本さんが何も知らないことに随分驚いた様子だった。

どうも今に至るまで焼き肉屋について触れないのは、目の前の相手が何もかも知っているだろうと思ってのことだったらしい。

「店はとっくに潰れてますよ。木本さんが辞めてから一ヶ月も開いてたなあ」

「え？　そうなの？」

「そうっす、そうっす。店長ね。不倫してたんすよ。相手はホールのカナガワさん。凄くないっすか？」

木本さんは倒産と不倫の繋がりを見出せなかったが、まずは「ホールのカナガワさん」の容姿を思い出し、ふふっと笑った。

「あの地味なおばさんと店長が？　何か想像付かないね」

「そうでしょう。結構長かったみたいですよ。女性陣はみんな知ってたみたいっすね。知らないのは男衆だけ。それで奥さんにバレちゃって揉めたから、結局はああなったらしいんすよ」

ケイタの言う「ああなった」とは、そのせいで精神を病んだという意味だろう。しかし、それだと時系列から考えて、自分が辞める時点でも店で働いていた〈ホールのカナガワさん〉の神経の図太さに驚く。

「カナガワさん、ヤバいね。ああなってからもしれっと店にいたじゃん」

「あ。いやいや、あのときはカナガワさんもまだ奥さんに浮気がバレてるって知らなかったみたいっすよ」

「うわあ。ゾッとするね。じゃあ、浮気がバレたって話はいつ？」

「店長代理が店を辞めるってみんなに話したときっすね。店長代理がみんなに教えたんすよ。これ、上手く説明するの難しいんすよね」

「詳しく教えてよ。気になるよ」木本さんは事実、好奇心をこの上なくくすぐられていた。それなら倒産と不倫の話が同時に出てくるのも合点がいく。

「一応、全部教えますね。マジで変な話っすよ」

ケイタはニヤニヤしながら話を続けた。

五十代既婚者の〈店長〉と三十代独身の〈ホールのカナガワさん〉は長期間に亘る不倫関係にあった。〈ホールのカナガワさん〉は女性スタッフ達だけの飲み会では、まるで惚気《のろけ》るように不倫にまつわるエピソードを披露していたが、これが男性スタッフ達に知れ渡ると只事では済まないだろうと、〈ホールのカナガワさん〉の不倫を女性達だけの秘密としていた。

不倫が〈店長の奥さん〉にバレたのは冬。〈店長〉が〈ホールのカナガワさん〉を自家用車に乗せて道往くところを、たまたま〈店長の奥さん〉が見かけたのがきっかけだった。訝しんだ〈店長の奥さん〉は興信所に浮気調査を依頼し、程なくして不倫は明るみとなった。

だが〈店長の奥さん〉はすぐには〈店長〉を詰問しなかった。

〈店長の奥さん〉が〈店長〉を責める代わりに行ったのは、〈丑の刻参り〉だった。

夜な夜なとある山中の神社を訪ね、藁人形に釘を打ったのだ。

〈丑の刻参り〉の効果はてきめんで、程なくして〈店長〉の精神は異常をきたした。そして、〈店長の奥さん〉は〈店長〉の身を案じるふりをして、〈店長の奥さんの弟〉に助けを求めた。店長代理を名乗る者が甲斐甲斐しく店に来るようになったのには、こういう理由があったのだ。

〈店長の奥さんの弟〉は身内のために助けられるところは助けようと、主に金銭に関わる業務を携わったが、よくよく見聞きすると素人でも分かるほど店が乱れていることに気がつき、心を痛めて姉に現状を伝えた。このままでは焼き肉屋の今後が危ういであろうと思ったのだ。

一方、姉――〈店長の奥さん〉はこの報告を予想していなかった。

飲食店なぞ、働き手がいたらどうにでもなるだろうと踏んでいたのだ。

不倫相手がいる職場に自分が足を向けたいわけがない。己は夫に復讐ができれば胸がすく。だが、十二分にあった収入を失うことを望んでいたわけではない。それに輪を掛けて、最早〈丑の刻参り〉を止めているにもかかわらず、まるで幼児にでもなったかのように家の中をうろんに彷徨《さまよ》う夫――〈店長〉も手に余る。

事実、弟の持ってくる店の売り上げが日に日に減少していっている感を〈店長の奥さん〉が覚えると、次に取った行動は弟に一部始終を話すことだった。

「夫が浮気をした」

「毎晩〈丑の刻参り〉をした、すると夫が狂った」

「〈丑の刻参り〉を止めたのに夫の様子がおかしいままで困っている」これを聞かされた弟は、すっぱりと姉夫婦と縁を切ることにした。〈店長の奥さんの弟〉にはサラリーマンという生業もあれば、妻も息子もいる。仕事とプライベートの合間を縫って姉夫婦を助けていたのに、浮気と〈丑の刻参り〉がことの原因とはよほど気が滅入るではないか。姉が言う藁人形がどうこうとは至極馬鹿馬鹿しい話に聞こえるが、事実〈店長〉の様子が一変したのだから、そら恐ろしい。それに、店員からの声に、謎の〈おじさん〉目撃報告も最近ある……。

〈店長の奥さんの弟〉は〈店長の奥さん〉に「今後、あなた達とは一切関わらない」ことと、「店にももう行かないので勝手にすればいい」という旨を告げた。さらに「あの店は思っていたより仕入れ代も人件費も掛かっている。今の調子で売り上げが下がるなら、そのうち借金生活になるかもしれない」と付け加えると、〈店長の奥さん〉は「ならば潰す」と即答した。「潰したあとはどうするの」「借金よりはまし。まだ貯金があるし」。

この会話が交わされた三日後の日曜日の閉店後、〈店長の奥さんの弟〉は一部始終を従業員に明かし、以降、二度と焼き肉屋が開くことはなかった。

〈ホールのカナガワさん〉がその場にいるにもかかわらず、毅然《きぜん》と説明する店長代理の姿には有無を言わせぬものがあった。最後の給料は現金の手渡しで、封筒にはアルバイトに対しても退職金と称した金額が付与されていた。

――何……その話……」

ケイタの話は辿々《たどたど》しくあったものの、つい今さっき考えた作り話の類いには聞こえなかった。勿論、だからといって木本さんはこの話をスッと飲み込めない。

「やばくないっすか？」

「それで話は終わり？」

「そうっすね。店長代理の話は、これが全部っすね」

「今、店長って元気なの？」

「分かんないっす」

「そっか……」

「その〈おじさん〉ってお化けみたいなもの？　店長の生き霊みたいな？」

「分かんないっすよ」

「え。でも、そんな感じじゃない？」

「分かんないですって。俺、霊感とかないから……あ、でも」

この前、たまたまあの焼き肉屋があったテナントの前を通ったんすよ。そしたら。

臭かったっすね。

何げない朝

高田公太

目覚ましのアラームが鳴り、起床する。

朝ごはんはジャムトーストとコーヒー。

静かに朝を過ごすのは妻がまだ寝ているからだ。

これからスーツに着替えて仕事にいく。

何げない毎日の中でも、殊更に何げない朝を迎えた日のことだった。

自家用の軽自動車のエンジンを掛け、ぐいっとアクセルを踏んだ。

何が理由とも分からないが、足そのものを重く感じると同時に、車が急発進した。

直進し、家の真ん前の電柱に思い切り衝突する瞬間、八年前に亡くなった父の顔を眼前で見た。その父は目と口をぐにゃりと歪ませて笑っていた。

ああ、こいつのせいで今俺は事故ったんだな。

施設に入れたことを恨んでやがるんだろうな。

そんなことを刹那に考えつつ、エアバッグで鼻を潰され、ひしゃげた車体に足の骨を折られた。案外、この程度で人は気を失わない。ただ猛烈に痛い。

すぐさま救急車とパトカーが駆けつけた。

そして、担架に載せられたあとに気がつく。

父は存命でぴんぴんしていることを。

勿論、父を施設に入れたこともなければ、施設に入れなければいけない理由もないことを。さすれば〈父のせいで事故に遭う〉などという発想が湧くのはおかしいことを。

どだい、自分には妻などいない。

なぜ、俺はあのように静かに朝を過ごしたのだ。

それは何げない朝ではなかったのである。

鬼

高田公太

一

都築亘が初めて鬼に会ったのは、小学二年生のときだった。

何代前から受け継がれているのかも判然としない、祖母が独りで住む立派な日本家屋で亘は鬼を見たのである。

祖母の家はいつも桐の木の香りが立ち込めていた。

ときどき来るお手伝いさんによる掃除が行き届いていたことと、数年に一度はどこかしかをリフォームをしていたおかげで、旧家屋に似つかわしくないその香りを屋敷が纏えていたことを亘は十代後半に知った。

鬼の記憶にはいつもその桐の香りと、夏の終わりに亘を包み込んだ田舎の昼下がりの静寂が付いてくる。

鬼は庭園に沿った縁側を白昼堂々と歩いたのである。

鬼は亘の母と同じ洋服を着ていた。

背格好も母に似ていたが、顔は真っ赤で目も口も母より大きかった。それに加えていかにも鬼然とした、二本の角が眉毛の少し上から生えていた。スカートを穿《は》いた鬼は、絵本で見た虎のパンツの鬼よりも異様さが際立って見えた。

亘は縁側に面した部屋から、鬼の闊歩《かっぽ》を見た。障子戸は全開になっていたので、その様子をつぶさに見ることができたのだ。

将棋の駒を使って一人遊びをしていたときに、ゆっくりと鬼は縁側を歩み去った。

鬼は亘の存在をまるで無視し、じっと廊下の先を見て進んでいった。

ブレのない一定の速度で鬼は行った。

驚き、動けずにいた亘はただ鬼を凝視するばかりだった。

縁側は三つの和室を横切れるほど長かった。亘は真ん中の六畳間にいたので、鬼が隣の和室に面した地点まで進むと、そこから先は死角となった。鬼の後を追うつもりは勿論毛頭なく、鬼が見えなくなってからも廊下から目が離せなかった。

もし、踵《きびす》を返した鬼が走ってこの部屋に飛び込んできたらどうしよう。

まだこの家のどこかに鬼はいるのだろうか。

怯えながら、向こうの美しい庭園なぞどこ吹く風と、ただ廊下だけを見つめた。

まるでまだそこに鬼がいるかのように、しばらくの間亘は目を見開き続けた。

心が落ち着いてきた頃、大人に助けを求めようと決意した。縁側には出ず、六畳間から通じる内廊下をそそくさと走り、母と祖母がいる居間に向かう。鬼に喰われていない二人の姿を認めると、安堵で涙が出た。

「鬼がいた！　鬼がいた！」

頬を濡らし必死で「鬼を見た」と報告する子供の姿が愛らしく映ったせいだろうか、母も祖母もにこやかに亘をあやした。

「あらら、今度鬼が来たらママがやっつけるわよ」

「婆ちゃんも鬼をこらしめるわね。こんな良い子を泣かせるなんて」

二人に話が通じていないことは、子供でも分かった。しかし、二人が鬼なぞこの家にいないと判断するに至った根拠がまだ小さな亘には分からない。見たからにはいるのだ。なぜ、見たと言っているのに笑っているのか。

すっかり祖母の豪邸に潜む妖に恐怖を感じてしまっていた亘は、母に「早く東京に帰りたい」と懇願したが、母は「予定通りにあと三泊する」と言った。

「あなた、夢を見たのよ。鬼なんて夢の中と地獄にしかいないものなのだから」

母はそうたしなめたのち、水飴を練って亘に渡した。

亘は水飴を食べ終えると居間で眠った。目覚めると夕飯時だった。

そして夜、テレビを見ているうちにあの鬼は母の言う通り、夢の中で見たのかもしれないと思えるようになった。

鬼なんていなかった。

きっとあの部屋で気付かぬ間に寝てしまい、夢を見たんだ。

怖い夢を見ただけなんだ。

二

祖母の家への訪問は年に一度のお決まりだった。夏休みの終わりが近づくと、母がハンドルを握り、亘は後部座席に座る。小さな頃は車内で母とお喋りをするのが楽しかったが、大きくなるにつれ、旅路を沈黙が支配するようになった。

両親の不仲がいつから始まっていたのか、亘は知らない。もしかしたら、自分が生まれる前から亀裂はあったのかもしれないとも思う。

父の一族は母の一族と同じく、かつて不動産事業で一財をなしていた。父の職業は貿易会社役員。その会社は父の兄弟が社長を務めていた。父はほとんど家におらず、数日で止まらない宿泊を要する出張も頻繁にあった。

父はよく亘に小遣いをくれた。母から小遣いを貰ったことはあまりない。

父と母の口論が目立つようになったのは、亘が小学五年生に上がってからだった。

それから徐々に両親は口論しかしない夫婦になった。もっと小さな頃は三人で御飯を食べているときにあれこれと子供には詳しく分からない話題で楽しげに口を交わしている様子が、当たり前のようにあったのだが。亘の子供部屋は二階にあり、口論はいつも亘の就寝後に、階下のリビングで始まった。同じ屋内とはいえ距離も障壁もあるので、はっきりと二人の言葉が聞き取れるわけではなかったが、父が低い大声を出したり、母が高い大声を上げたりすると、その言葉は亘の耳へ五月雨に飛び込んできた。

「許せないわよ！　じゃあ何のためにあたしと結婚したのよ！」と母は叫び。

「うるせえ！　お前が悪いんだろ！　お前がちゃんとしないからだぞ！」と父は怒声を放つ。子供でも、父が浮気をしているらしいことが分かる。

三

家に父がいる時間がみるみる少なくなった。そして亘が中学に上がってしばらくした頃に父は新たなマンションを借り、母子と父は別居生活となった。

亘はこれで夜中の口論を聞かずに済むと喜んだが、いざ母との二人暮らしが始まってみると、これはこれであまり心地が良くないものだということに気がついた。母との会話がなぜか弾まない。母の作る御飯の細かな塩加減についつい文句を言ってしまう自分がいる。母は母で、亘が学校から帰ってきた姿を一瞥《いちべつ》するとき、いつも気まずそうに肩をすくめる。思春期を迎えた息子と子に良き父を与えられなかった母の後悔が、母子の間に溝を作った。

夏の終わりに祖母の家に向かう車の中に立ち込めた重苦しい沈黙の雲行きは、こうしてできたのだ。

亘が高校二年のとき、二人は離婚した。そして高校三年のとき、母は再婚した。

新しい父は実の父よりひと回り若く、ＩＴ関係の会社の重役を務めているとのことだった。その頃の亘は義父とも母とも積極的に交流をしようとしなかったものの、かといって二人を邪険に扱うこともしなかった。歳を経た亘は「人にはいろいろある」という真理についていて幾らか知る身分になっていた。父が浮気をしたなら、母は被害者だ。しかし、自分だって被害者だ。資産家の一族がちゃらちゃらと結婚をして自分を産み、その自分から父を奪うような物語が紡がれた。友人達との会話の中から他所の家庭の円満さを垣間見るにつけ、自分は出生を憎むしかない。

大学入学を機に、亘は独り暮らしを始めた。母が一族のつてを使ったため、新築の広々としたマンションに住むことができたが、実際のところ、３ＬＤＫは一人の若者にとってどうにも広すぎた。その広さのせいで幾ら暮らせど、この部屋を我が家と思うことができない。何人かで住むべき場所に自分はひとりぼっちでいる。ベッドの上に寝転がっているとき、他の場所は冷たく静かだ。テレビを見ているときもそう、キッチンに立つときもそう。

大学生活でできた友達とは、どこか距離を感じる。そのような思いを四年間抱きながら、淡々と経済学部で単位を取得した。就活をする気はなかった。というのも、実父から連絡があり、実父の会社に就職できることを約束されていたからだ。

四

亘は父と年に何度か連絡を取り合っていた。

過去の家での所業を肌で知る身としては父を好ましい人物だと到底思えなかったが、自分の将来の頼りにはなると判断していた。

就職に関しては母の一族を頼る手もあったが、そうしてしまったらいつまでも独り立ちできないのではないかと危惧していた。実の父はその点、距離がちょうど良い。父でありながら父ではない存在とのコネクションを使うことには、不思議と抵抗感を覚えずに済む。そもそも亘に将来の夢はなく、幾らか流されて人生を過ごすのも悪くないという思想があった。実父の会社に就職する件を母に報告する気はさらさらなかった。

大人と大人。

別々の人生。

成人した亘はそのように家族を捉えていた。

五

大学を卒業する年、亘はまた鬼を見た。

鬼がマンションの外廊下を歩く姿を見たのである。

夕方、コンビニに出かけようとドアを開けたところ、各々の部屋に挟まれた廊下の向こうから鬼はこちらに向けて歩いてきていた。

すぐに部屋の中に舞い戻り、ドアを施錠した。

心臓が激しく拍動するのを感じた。

真っ赤な顔、二本の角、大きな目と口。

幼少の頃に見たあの鬼が廊下にいる。

鬼はいつか母が着ていた洋服を纏っていた。

そうだ、あの日の鬼もベージュのスカートを穿いていたんだ。

息を潜めて耳を澄ましても、鬼の足音は聴こえなかった。

見間違いであってほしいが、見間違いとは到底思えない生々しい風景が、まだありありと眼の裏に残っている。あそこまではっきり確認できたものが何かの間違いなら、自分は医者にでも掛かったほうが良い。

しかし、小さな頃のあれは夢であったはずだ。
母も祖母も夢だと言っていた。
では、今も夢か。
いつから夢を……。
そのように考えながら、亘がただ玄関で目を泳がせる時間は過ぎていった。

六

母から『ママはまた離婚することになりました』とメールが届いたのは、大学卒業が近づく一月末のことだった。亘は返信せず、ただ気を暗くした。教えなくていいのに。『また離婚』という字面が、とにかく嫌だった。

七

存外、実父の会社に勤めることに母は反対せず、亘はつつがなく社会人生活を始めることができた。ひょっとすると実父と母の間で既に亘の就職に関する話し合いがあったのかもしれないと勘繰りたくなるほど、波風が立たなかった。

同じ会社に勤めることになったことで俄然、亘と実父の会話は増えた。実父は外回りが多かったので、社内で顔を合わせることこそまれであったが、それでも以前よりずっと実父の近くにいる実感があった。

思えば母を裏切った実父に対し、強く恨みを抱いたことが今までない。母に対しても実父に対しても、亘はただ家族への情を緩やかに希薄にしてきただけなのだ。

「亘。仕事終わったら呑みにでも行くか」

「ああ、いいね。うん」

こんなふうに父子で盛り場に向かうこともたまにはあった。

その、たまに、の中のとある夜。

亘は実父に、

「母の服を着た鬼を二度見たことがあるんだよ。一度目は夢を見たんだと思ってたけど、二度目は夢じゃなかった」

と話した。

すると実父は、

「その鬼を俺は何回も見たことがある。こっちも冗談じゃなくだよ。昨晩も見た。歩道を歩いているところを社用車から見かけたんだ」

と言った。

「亘。それは夢なんかじゃない。ほんとに鬼のような見た目の何かなんだ。そうかお前も見たのか」

「あれさ……ママじゃないよね。親父はどう思う」

「ん……分からないな」

実父はジョッキを握りながらかぶりを振った
亘は我ながら変な質問をしたと思った。あんな化け物の正体が分かるものなどいるわけがなければ、正体を知る意味もない。

「お父さんはな。あの鬼が怖いよ。見慣れない」

そう言う父の目は、潤んでいた。

「俺も怖いよ。もうできれば現れないでほしい」

亘も小さな声でそう言った。

絵と写真

高田公太

田村さんから聞いた話。


誰が書いたのか分からない絵がずっと実家に飾ってあった。

その絵は立派な額縁に入れられており、玄関の下足箱の上に飾られていた。

絵にはどこかの田んぼと、その奥を横向きで走る電車が描かれていた。

よくある田園風景。

田んぼに緑が目立つからには、夏の景色なのだろう。

物心が付いた頃には、既にその絵はあった。

「この絵って何なの？」

生まれて初めて玄関の絵について母に質問をしたのは、田村さんが三十路を過ぎてからのことだった。

「ああ、この絵はお父さんが描いたのよ」

「え。お父さんって、そんな趣味あったの？」

「違うのよ」

母はそう言ったのち居間を出て、額ごと絵を持ってきた。

「見てみなさい。あんたも大人になったんだから」

母は額を裏返し、裏板の留め具を外した。

裏板が外されると、当然、絵の裏側が見える。

だが、現れたものは当然と言えるものではなかった。

そこにはミミズがのたくったような、判読不明の文字が縦書きで何列にも渡って書かれていたのだ。

「何これ！　お経かなんか？　気持ち悪いな」

「お経らしいんだけど、詳しくはあたしにも分かんないわね」

「このわけ分かんない字も父さんが書いたの？」

「いや、これはお坊さんが書いたの」

「お坊さん？　何のために？」

「玄関から悪いものが入ってこないようにね」

「何を言ってるの？」

何げなくした質問が端を発して、どんどんややこしい話が展開されていく。

「お父さんはね。昔、ちょっと悪いことをしたのよ。そしたら、凄く悪いことが続いちゃってね。それで父さんが連れてきた坊さんがいろいろして、結果、玄関にあの経文を飾らないといけなくなったのよ」

ああ、そうか。

二人はどこかの新興宗教か生臭坊主に騙されたのだな。

「ちょうどあなたがお腹にいるときのことだったから、お坊さんに言われたままに経文を飾ったんだけど、あの裏側の感じだと、その、なんというか。気味が悪いでしょう。人に見られたもんじゃないから……またお坊さんに相談したら、別に裏向きでも構わないっていう話を聞いてね。裏向きで真っ白い紙を飾るのも変だから、お父さんがお経の裏に絵を描いたのよ。案外、上手くてびっくりよね」

「何なの、その話……」

田村さんは話に全くついていけず、相当に呆れ返った。

「ねえ。あんたからしたら変な話だろうけど……ほんとにあのときは大変だったのよ。あたしの身体にブツブツしたものがいっぱいできるし、お父さんも現場で事故に遭ったし、他にもいろいろさ。ああ。そうそう……」

母は何かを思い出したらしく、また居間から出ていき今度は二階に向かった。

しばらくして戻った母の手には一枚の写真。

「ほら、これ見てよ」

昔飼っていた犬と、その横にしゃがむ父。

場所はこの家の庭。

しゃがむ父の足の間に女の顔。

「し、心霊写真じゃん、これ……」

「ねえ。怖いわよねえ」

「こんなもん、捨てなよ……怖いよ」

「ええ。気味が悪いわよね。でも、またお父さんが悪いことをしたときのために、これは取っておいてるのよ。こんなことがまた起きないようにしないとね……」

母は少しだけ口を歪めて、そう言った。

ものおと

高田公太

京子さんは三十路に差し掛かった頃から、身体の鈍りを気にするようになった。

腕をただ上げるだけでも、どこかつっぱった感じがある。すっかり慣れていたつもりの地下鉄の階段がどうにもきつい。そういえば最近は肌荒れも……などと思っていた矢先、マンションのポストに『ピラティス教室』と書かれたチラシが挟まった。

見ると、ピラティス教室が歩いていける範囲にある公民館の一室で、月に二回開催されるという。ピラティスが美容、健康に良いらしいとはテレビや雑誌でよく見かけていた。日がなパソコンの前に座ってばかりの事務職をしていた京子さんは、姿勢の改善やインナーマッスルを鍛えるのが目的のピラティスなのだから、さぞ自分に効果があるだろうと期待し、お試しで教室に行ってみようと思い立った。

チラシによると教室は日曜日の午前中から。

運動着になりそうな衣服は寝巻きに使っているスウェットの上下しかないが、まあ、それでもいいだろう。まだ通い続けられる保証もない。

公民館は前を通ったことがあるばかりだったが、いざ入ってみると中は煤けたコンクリの外装から想像も付かないほど小綺麗でモダンな造りをしており、ここでピラティスをするのはなかなかにおしゃれかもしれないと、京子さんのモチベーションはぐぐっと上がった。

チラシで指示されていた【スタジオＡ】に入ると、そこは壁の一面が鏡張りになった真新しいフローリングの部屋で、まだ教室開始の三十分前にもかかわらず十五人くらいの老若男女が床に座っていた。講師らしき女性が最近ではあまり見かけないＣＤラジカセの前で、音楽を掛けたり止めたりしてボリューム調整をしている。京子さんも脱いだ靴を持参したビニール袋に入れると、少し緊張しながら輪に加わった。参加者は京子さんのようなくたびれたスウェットを着た者もあれば、レギンスとパーカー、ジャージ姿の者もいて、各々が気楽ないでたちをしているようだった。

教室は定時スタートした。気さくな講師の話芸のおかげか教室には心地よい一体感が生まれており、予定の一時間が終わったあとの満足度は相当に高いものだった。心なしか初対面の者同士が集まっているわりに「お疲れ様でした」「いやあ、きつかったですね。では、また」といった別れの挨拶が活発に交わされているようにも感じられる。

「あなた、お上手だったわねえ」京子さんが汗を拭きながら床に座り込んでいると、参加者の老婦人が歩み寄り、そう声を掛けてきた。

「ええっ？　そうですか。上手なんてとんでもない。辛かったです」

「いえいえ。とってもしなやかで、憧れちゃうわ」

老婦人は夫と思わしき年配の男性と教室に参加していた。二人が着る蛍光色が目立つだぼっとしたジャージの上下はいかにもおろしたてで、二人のシルバーヘアの鮮やかさも相まって清潔感があった。二人の佇まいと揃いも揃って下がった目尻、上がる口角は「裕福な老後生活を送る夫婦」といった趣。

「お嬢さんは次の教室も来るのかい？」

年配の男性は婦人の隣に立つと、にこやかにそう言った。

「はい。初めてなんですけど、ピラティスって良いものなんだなあって」

「あらあ、あたし達も気に入っちゃったから通うつもりなのよ。あなたみたいな素敵なお嬢さんと一緒にできるなら嬉しいわ」

夫婦は顔を見合わせて満足そうに頷き合う。

京子さんも仕事と無関係な微笑み溢れるこういった交流が満更でもない。そうか、こういう場に出向くと触れ合いがあるのか。「心身の健康」とはよく言ったものだ。飽きるまでは通ってみよう。どうせ休日を一緒に過ごすパートナーがいるわけでもないのだから。

京子さんはピラティス教室への参加を重ねるたびに身体の鈍さが取れていくのを実感した。老夫婦との仲もすっかり深まり、京子さんは奥さんを「マダム」、旦那さんを「ひろしさん」と呼ぶようになった。予想していた通り二人とも定年退職済み。揃って元教諭ということもあり、相当の年金を貰いつつ悠々自適に老後を送っているのだそうだ。

マダムとひろしさんは、ときどき教室終わりのランチを京子さんに奢ってくれた。

「うちは子供がいないから、周りの人よりずっと自由にお金を使えるのよ。遠慮なく好きなものを注文してね」

「景気が悪くなる前だったら、京子さんを海外旅行にも連れて行けたのになあ」

京子さんもざっくばらんに身の上話、仕事の愚痴などを夫婦に話した。歳の離れた友人と過ごす時間を、京子さんはすっかり気に入っていた。

夫婦の家に招かれたのは、教室に行き出して半年以上経ってからのことだった。

公民館から十五分ほど歩いたところに夫婦の一軒家があり、そこは街の中でも比較的閑静な地域に位置していた。

「二人だけだからこんなに部屋数いらないってあたしは思うんだけど、ひろしさんがね」

「そうだな。まあ、若気の至りかな。一軒家に憧れてたんだよ」

二人が言う通り、一階でざっと確認できる、客間、居間、ダイニングキッチン、バスルーム、トイレなどでいかにも生活に事足りそうでありながら、その家にはまだ二階があった。何事も余裕があるに越したことはないだろうし、家の在り方は家主が決めればいいことではあるのだが、今後二人がさらに老いていくことを思うと、二階はなくてもいいのかもしれない。京子さんは二階がどうなっているのか少し気になったが、無邪気に部屋を見て回るのは失礼だろうと、通された客間のソファで味の濃い紅茶を大人しく啜《すす》っていた。自分の部屋と違い、ここには澄んだ空気が流れている。

三人の会話は海外のこと、昭和時代のこと、最近の流行など話題は多岐に及び、時間はあっという間に過ぎていった。

「このまま夕飯も食べていく？　実は食材も多めに買ってあるのよ」

「え？　良いんですか？」

「明日、お休みなんでしょう。遠慮なさらないでいいわ」

「では、御馳走になります」

「ゆっくりしていきなさい。見ての通り、泊まっていったってうちは困らないんだから」

マダムとひろしさんの申し出を素直に受けた京子さんは、一層ソファに身を沈めてくつろいだ。きっと美味しい御飯が出てくるに違いない。

マダムがキッチンに引っ込むと、ひろしさんは「ちょっとスーパーに行ってくる」と一人外出した。客間に残された京子さんは暇を潰そうとスマホを眺める。


ガタン。


突如、二階から何か硬いものがぶつかったような音が聞こえた。

先ほどからエアコンのサーモスタットが似たような音を鳴らしていたが、この音は非なるものに思える。家屋が少し振動した感が間違いなくあった。

京子さんはしばしば天井を見上げ、二階で何かが上から下に落ちたのだろうと想像した。

まあ、そういうこともある。

京子さんはまた手元のスマホに目を落とした。

しばらくしたのち、山盛りのサラダボウルと取り皿が載ったお盆を持つマダムが客間に戻ってきた。

「ここで食事をするのは久しぶりなのよ。そんなに人が訪ねてこない家だから」

と言い、またキッチンへ向かおうとするマダムを京子さんは呼び止めた。

「さっき、二階から物音がしたんですけど、大丈夫そうですかね」

「ああ、二階。大丈夫じゃないかしら」

マダムは全く驚く様子を見せずにそう言った。

この家ではよくあることなのかもしれない。そんなことより、今の今までマダムの手伝いをしようとしていなかった。これからまだまだ料理を持ってくるつもりだろうに、自分としたことが。

「あの。すっかりくつろいでしまってすみません。何か手伝いましょうか？」

「あら。助かるわ。スプーンとフォークだけでも持っていくのをお願いしようかしら」

京子さんはマダムの後を付いて台所へ行き、渡された食器を手にまた客間に向かった。

そうして廊下を歩くと、壁で死角になった二階に通じる階段が左側。


とし。とし。とし。

今度は階段をゆっくりと歩む足音が聞こえた。

足音は階段を上っているとも降りているとも付かない、忍足一歩手前というほど細やかなものだった。

京子さんは客間のドアを通り過ぎ、階段側に回り込む。

が、確認したときには誰もいない。

気のせいか。

初めて訪問した家の異音なぞ、住んでいる者達からしたら異音でも何でもなく、原因がはっきりしたものなのかもしれない。さっき「二階で物音がした」と物申した上に「階段で足音が聞こえた」と騒ぎ立てても、やかましいだけだろう。

ひろしさんが帰ってくると、夫婦が代わる代わる料理を客間に持って来た。

野菜スープに肉料理、ナムル、チーズの盛り合わせと赤ワイン。目の前にある足の短い大きな木製テーブルに美味しそうなものばかりがずらりと並ぶ。

「京子さん、お酒はイケる口かな。ジュースもあるけど」

「お酒は飲めますし、ワインは大好きです」

皆で舌鼓を打ちながらゆっくりと食事を摂り、ワインを味わう。銘柄に詳しくないが、恐らく高級なワインなのだろう、癖のある味のチーズとの取り合わせが絶品だった。

「あの、さっき二階から物音がしたんです」

酔いが回ったこともあり、京子さんは一度引っ込めたはずの鞘《さや》を抜いた。ずっと気にはなっていたのだ。

「階段で足音みたいなものも聞こえたし。家鳴りみたいなものなんですかね」

「ああ、そうなんだ」

「ねえ。物音ねえ」

ひろしさんもマダムも、平然としている。やはり、何か物理的な原因があるのだろう。

「二階には、仏壇があるんだよ。仏壇がさ」

京子さんはひろしさんが発したその言葉の意味をすぐには理解できなかった。

しかし、その後の沈黙の間によくよく考えると、彼がそら恐ろしい話をしていることに気がつく。

「二階、見てみるかい？」

「ああ、そうね。折角だから、京子さんも御挨拶してもいいかもしれないわ」

二人は笑顔を崩さなかった。

その笑顔は京子さんに以前知人からマルチ商法に勧誘された記憶を呼び起こさせた。

これは不味い。

以前も性格が良さそうに思えた人に怪しげな話をされたのだ。

展開次第ではこの夫婦との絶縁もありえる。

しかし、気まずさを生まないためにどう答えるべきかを悩む暇もない。得てしてこういう人に悪意はない。

まだ何か悪いことが始まったわけではない。そもそも杞憂《きゆう》かもしれないのだ。

「実は二階の間取りも気になってたんです。見てみたいです」

「おお。喜んで見せますよ！　二階はちょっと寒いけど我慢してね」

京子さんはもう流れに身を任せることにした。

「どうぞどうぞ」

マダムが先頭になり、三人は客間を出た。マダムがどこかのスイッチを押すと、まっすぐに伸びた黒光りする木製の階段とそれを挟む白い壁の全貌が見えた。階段を上がると、またマダムがスイッチを押し、今度は廊下に明かりが灯る。一階と同じ面積があるのだろうが、パッと見る限りドアが三つ、ガラス戸が一つ、襖が一つとあり、一階より部屋数が多そうな雰囲気がある。廊下に圧迫感を覚えてしまう理由が間取りのせいなのか、それとも不安な気持ちのせいなのか、京子さんは判断できない。

一行は廊下の突き当たりにある襖のほうへ進んだ。

「ここ、仏間なのよ」

マダムが襖を開けると、そこは八畳の和室で、確かに仏壇があった。

仏壇の他には部屋の隅には座布団が重ねてあるのみで、別段奇妙な様子はない。強いて違和感を覚えるなら、仏壇の観音扉が閉まっていることだろうか。

京子さんはこれまで生きてきた中で、観音扉が閉まった仏壇を見たことがなかったが、常識的に考えて閉まっているからと問題があるとは思えない。

「物音がすると言ったよね」

「はい」

「見てごらんなさい」

ひろしさんは、観音扉を開けて京子さんに中を見せた。

「あれ？　これって……」

仏壇の中は空っぽだった。

想像していた位牌も遺影も仏像も燭台もないどころか、完全に何も入っていない。

「うふふふ、びっくりしたでしょう」

マダムはさも愉快そうにそう言い、続けてひろしさん。

「凄く説明し難いんだけど、物音はこの仏壇のせいなんだよね。空っぽだから、何もいない感じがあるだろ。でも、ちゃんとここにはいるんだ」

がたん。

また音がした。

それは同じフロアー—今自分達がいる二階のどこかの部屋から鳴っていた。

「この仏壇、私の実家から持ってきたものなのよ。前はちゃんと中身があったんだけど、うふふふ。今はこんなんでしょう？」

「そうなんだよ。何だろうねえ。やっぱり君のところの御先祖さまは俺のことが嫌いなんだろうかねえ」

二人はさぞ愉快そうに話しているが、京子さんは何について話しているのか当たりが全く付かなかった。

「馬鹿馬鹿しい話だけど、真面目に聞いてくれるかい。また京子さんには遊びに来てほしいからね。こんなことで泥が付くのは嫌だからさ」

マダムとひろしさんの馴れ初めはごくごくシンプルで、二十代後半に同じ小学校に勤めていたことをきっかけで交際が始まったのだそうだ。

ひろしさんが初めて都内にあるマダムの実家に訪れた日、それは起きた。

その日、マダムの両親は娘が交際相手を連れて来ることを心待ちにしていた。

どんな人が来るのだろうか。教諭なら将来も安泰だ。孫の顔を拝めるかもしれない。

「ダメだダメだ！　その男はダメだ！」

一方で、朝からそう騒ぎ立てるのは両親とともに住む父方の祖母。

「母さん、何だい。孫が結婚するかもしれない相手だよ。あいつもいい歳なんだから、嬉しいことだろうに」

「お前ら、仏間を見てみろ。あたしはもう見たくない！」

歳のせいか、感情的になって騒ぎ立てることがめっきり多くなった祖母は、何やら不吉なことを言い出す。

「母さん、何だい。仏間とか、変なこと言うなよ」

「何が変なもんかい。あんたら、黙って仏間を見てくればいい。そしたらあたしの言っている意味が分かる。今から来る男は、ダメに決まってるんだ。見りゃあ、分かる」

（お義母さん、大丈夫？）とマダムの母は夫に耳打ちをした。

確かに今日の母さんは単に気性の荒さの発露したに留まらないものを感じさせる。

認知症の気《け》はまだないものと思っていたが、この様子ではさすがに疑わざるを得ない。

まだ騒ぐ祖母を持て余しながら、マダムの両親は渋々、祖母の住居――離れにある仏間に向かう。

……かし……かちゃん……こここ。

……ちゃかちゃか……きしきし……ことんことん……。

離れの廊下を歩む間に、二人の耳に仏間から鳴る物音が飛び込んでくる。

確かに何かが起きているようだが、想像は付かない。

がたがたがた。

こここここ。

つととととと。

仏間の障子戸の前に立つと、物音はいよいよ盛大に聞こえる。

二人は息を飲んで、戸を開けた。

がたがた！

ごとん！

ちんちんちん！

みしみしみし！

「な、何だこれ！」

「ええ！　ちょっと、ちょっと！」

本尊も燭台《しょくだい》も仏飯器《ぶっぱんき》も吊燈籠《とうろう》も線香立ても。

仏具の全てが揺れて音を立てていた。

二人にその様子をまじまじと見る勇気はなかった。すぐさま仏間を飛び出て、離れから逃げた。

「か、母さん、何だあれ！」

「おう、見たかい。朝からずっとああなってる。御先祖さまが怒ってる」

「御先祖さま……？　お義母さん、ああなる理由を知ってるの？」

「知らん。けれども、御先祖さまが怒ってるに違いないだろう。そうでもなければ、あんなことにはならん」

「な……なんだよそれ……」

耳を澄ますと、まだ離れから物音が聞こえているような気がする。両親が激しく動揺する間にも、マダムとひろしさんは電車に揺られてこちらに向かっている。まだ携帯電話もない時代の話ゆえ、人を待つ者はただ待つのみ。不味い状況だから来るな、と伝える術がない。祖母が眉間に皺《しわ》を寄せて黙りこくる傍らで、夫婦は娘にどう説明するべきかを震えながら話し合った。

「もし母さんの言った通りなら、その、ひろしくんという男が来たら只事で済まないぞ」

「ええ。そうよね……まだ来ていないのに仏壇があんな調子なら、敷居を跨《また》いだときにはどうなっちゃうのか想像も……」

相談の末、カップルが訪問する予定の時刻である十一時前にマダムの両親は玄関口に立ち、待ち構えた。

そして、夫婦は予定通り訪れたマダムとひろしさんに、隠し事なく今朝方に見た全てを伝えた。若い二人は、その説明を素直に受け入れることこそはできなかったが、その切実な語り口から何か事情があるのだろうことを察し、聞いて頷くに徹した。

結局、その日ひろしさんはマダムの家に入ることができなかった。


マダムは両親に「ひろしさんとは今後も交際を続けるが、結婚はお婆ちゃんが亡くなってからにする」と告げ、両親もそれに同意した。仏壇の異常のせいで、愛娘の心が無下にされてしまう事態を両親も望んではいなかった。幸い、離れたところでマダムとひろしさんがよろしくやる分には、件の仏壇に何の影響もなく、祖母も静かだ。祖母も長くてあと十年余りだろう。

マダムとひろしさんは狐につままれた気分ではあったものの、そもそも結婚に強いこだわりがあったわけでもなく、のちに同棲して共同生活を歩み出すと、それで満足した。

祖母の逝去を待つには、十年も必要なく、仏壇騒動の二年後には寝てる間に痰を詰まらせて死んだ。その三年後にはマダムの母に癌が見つかり、治療の甲斐もなく亡くなった。

父は実家での独り暮らしが寂しく辛いとマンションを購入して移り住んだ。それからはマダム――娘と疎遠になったまま、中学教諭を定年退職した一年後に風呂場で心臓麻痺を起こし、帰らぬ人となった。

予想外の訃報には毎度悲しんだが、マダムはひろしさんとの人生を楽しく過ごしていた。

婚姻届は約束通り、祖母が亡くなったあとに提出した。

二人はローンを組んで家を建てた。

実家の仏壇は父が亡くなったあと、二人が引き取った。


「でね。京子さん――」

ひろしさんは、京子さんから目を離さず、懸命に語っていた。

二階は冷えるからと三人はまた客間に戻っていたが、京子さんはすっかり背筋が寒い思いをしていた。

「――やっぱり、あの仏壇が鳴ったんだよ。そりゃあもう、しょっちゅう鳴った。仏具が揺れるんだ。仏壇自体は揺れないで、中に置いてあるものだけが振動するんだよ」

「なあ。見たもんなあ」

ひろしさんがマダムに顔を向けると、マダムは微笑みながら頷いた。

「でね。うるさいから、うちらは仏具を全部捨てたんだ。仏壇だけなら静かになるだろうって。少し罰当たりな気もしたけど……仏壇を捨てるよりはましな気がしてさ」

「だって、前触れもなく急に一斉に鳴るのよお。あれじゃあね」

「そうだよなあ」

京子さんは今すぐ、この家を出ていきたかった。

「でも、まだ二階は鳴るんだよ。京子さんが聞いたのは、その音なんだ。何だろうね。二階にもいろいろ物はあるから、それがまだ動いてるんじゃないかと思う。いちいち確認はしたことないけどね。以前の仏壇ほどはうるさくないからさ」


ことん。

かたん。

とんとん。


ひろしさんが話している間も、二階から断続的に音は聞こえていた。

もし自分が担がれているなら目の前の老夫婦に異常を感じる。

担がれていないなら、世界に異常を感じる。

これはどっちに転んでも、良くない。

それに……。


「京子さん、そういう理由でうちはときどきこんなふうに二階から音がするんだよ。気味が悪いかもしれないけど、音がする以外には何もないから、良かったらまたうちに遊びに来てほしいんだ。今日もとっても楽しかったんだから」

「子供……」

京子さんはなぜ自分がそのひとことを発してしまったのか、今でも分からない。

これ以上条理が壊れないよう、黙っておこうと思っていたはずなのだ。

「子供がいます。この家」

「え？」

ひろしさんは目を見開いて京子さんを見た。

「何を言ってるの、京子さん！　子供なんていません！」

突如マダムが怒声を上げた。

「お、お前、どうした」

女性二人だけにしか理解できなそうな何かが始まったことに、ひろしさんは動揺したようだった。

「さっき、客間のドアが開いてこっちを覗いていました。女の子です」

「京子さん、一体、何の話を……」

「出ていって！　京子さん！　あなた、失礼よ！　子供なんていない！」

「はい……帰ります」

コートさんは上着とバッグをそそくさと掴み、流れるような動きで外に出た。

ひろしさんが話をしている間、確かに客間のドアが少し開き、室内を覗く女の子の顔がちらりと見えたのだ。ドアを背にしてソファに座っていた夫婦はそれに気がついていなかった。絶対に今見た子供のことを口にしてはいけない。口にすると、きっとこの夫婦に良くないことが起きる。京子さんはそう思った。

だが、口にした。

してしまった。

恐らく、あの夫婦はこれで壊れた。

京子さんはその後、ピラティス教室に二度と行くことはなく、さらにはすぐさま引っ越しをした。京子さんはマダムとひろしさんとは一切の交流を断ち、今に至る。

魂

ばったり

高田公太

　こよりさんは娘を保育園に送ったのち、近所のコンビニに立ち寄った。

　これといって買いたいものがあったわけではないが、適当なお菓子でも買おうかくらいは思っていた。

　何となく店内を練り歩くと高校時代の友人、京子がジュースの冷蔵庫の前に立っていた。

「ああ、京子ちゃん。久しぶりじゃない」

　こよりさんは気さくにそう声を掛けた。「久しぶり」とは言ったものの、最後に会ったのがいつだったかは思い出せない。ひょっとしたら高校卒業以来の対面かも、とも考える。

「ああ。こよりさん」

　と、京子は返した。

　こよりさんは「うん。久しぶりだよね」と言うと同時に、以前パッと旧知の誰かから『京子ちゃん、癌で亡くなったのよ』と教えられた記憶を思い出す。

しかし、目の前にいるのだから、この記憶は間違い。

目の前にいるのだから。

勝手に気まずさを覚え、一度冷蔵庫の中に陳列されたジュースに目を泳がす。

「京子ちゃん。最近、どう？」

そのまま、当たり障りのない質問。

「最近は……」

その小さくもくぐもった声は縦横に並ぶジュースの後方――冷蔵庫の奥から聴こえてきた。

見ると、もう横に京子の姿はない。

そして冷蔵庫から響くモーター音がかぼそい京子の声をかき消し切る。

その夢は

高田公太

村山彩也子、三十六歳。

東京都内在住。

現在、歯科助手。

未婚。「良い人に巡り逢えたらいつかはとも思いますけど」「一人でいるのが好きなので」と言う様子から、強い結婚願望を持っていないことが見てとれる。

とあるバーでついさっき顔を合わせたばかりの客同士という関係ながら、私は彼女の飄々《ひょうひょう》とした雰囲気に興味を持ち、不躾にならなそうなタイミングを見計らって「恋愛経験はあるんですか？」と問いかけた。私は他人のライフヒストリーに足を踏み入れるのが、好きなのである。

「あるにはあるんですけど……」

彼女とはカウンターで隣り合わせに座っていた。

私はふと、店内のBGMと他の客の話し声をやかましく感じた。

彼女の声が一段小さくなったように思える。

私は彼女の声をよく聴こうと頬を少しだけ隣に寄せ、耳を澄ました。

「変な話になっちゃうんですけど、いいですか」


彩也子は中学二年の折、同じ学校のとある男子生徒が気になっていた。

彼の名はトオル。

トオルは運動部に所属しているわけでもなければ目立つような振る舞いをするわけでもない、「かなり地味な男」だった。ルックスは十人並み。二人はクラスが違い、二組のトオルは一階、六組の彩也子は二階で日々の授業を受けていた。接点は皆無といっていいほど、二人の距離は遠く、登下校のタイミングが合わなければ何週間もトオルの顔を見ないこともざらだ。そしてその状況での恋愛模様がどうであったかといえば、幾ら疎遠であれど彩也子は積極的にトオルと接点を持とうとしたこともなく、淡々と学校生活を送るばかりだったという。それでもふと彼のことを思い、「ポッと胸が暖かくなる」程度には恋愛を楽しんでいたというのだから、青春の淡さここに極まれりという感がある。

なるほど片思いか。同級生の誰かへ静かに思いを寄せた時代は、自分にもあった。

それにしても、と私は思う。

「そのトオルくんという方のどこが好きだったんですか？」

「そこなんですよ……そこが、何とも……」

彼女は物心が付いてから今に至るまでの男性の好みについて、アイドルや役者の名を挙げながら、「割と面食い」という自覚があることを私に伝えた。しかし、その時点で彼女がトオルの容姿に言及した部分には面食いの心を掴めるような要素がなく、むしろトオルを表現するにおいてネガティヴな言葉だけが並んでいるように思えた。

「そんなだから、トオルくんに寄せるあたしの感情が本当に〈好き〉で合っていたのかどうか、今でも分からないんです」

「でも、好きだったんでしょ？」

「好きだったと思うんですけど。ここが……その……妙な話になっちゃうんですよ」

このちぐはぐな会話を経て、私は俄然彼女の体験に引き込まれていくことになる。

彩也子がトオルの存在を初めて意識するようになったきっかけは、「ある晩に見た夢」にあるという。

その夢の中で、トオルは彩也子の自室——木製の勉強机、シングルベッド、本棚と、小さなテレビが置かれた台などがあるフローリングの六畳間の真ん中で、一人立っていた。

彩也子は彼を見て、名前は知らないが自分と同じ学校の生徒だ、とまず思った。

夢の中には彩也子自身の姿はなく、人の姿をしたものは誰もいない自室に佇む彼だけだった。彩也子はまるで定点カメラそのものだった。ただ彼がいる自室の全景を映しているだけの、動きも音もない夢。細部がやけにリアルで、彼の表情もよく窺《うかが》えた。それは笑っているわけでもなく、泣いているわけでもない、正に無表情と呼べるものだった。

夢の時間の長短は測れない。目覚ましで起床し、彩也子がまず感じたのは、今まで味わったことのないほんの少しの心地よさだった。

思い返せば、まだ十代前半の彩也子は知っている誰かを自分の中で特別扱いしたことがこれまでほとんどない。決して友達がいなかったわけではないが、好きな人どころか親友、心友といった座を誰かに与えたこともない。強いて言うなら、真に特別な存在と言えるのは父と母、中学当時は存命だった祖母くらいか。そんな彩也子のドライさに若干の潤いを付与したのがこのトオルの夢となり、何とも言えない新しい感覚をもたらした。

ああ、夢に現実の誰かが出てくるなんて、初めてのことだわ。

あの男の人の名前は何だったかしら。

明日、学校で確認してみなきゃ。

「ときめいちゃったってことですかね」

と私が相槌を打つと、

「ああ、そういう表現もできます。私も、これが恋か、と思っていました。でも、そこが問題なんです」

問題、とは。

翌日、クラスメイトの女子に「ほら、あの二組のあの人、名前なんだっけ」と容姿を説明しつつ訊ね、夢の男の名が「トオル」であることはそこで初めて知った。

それからの彩也子の毎日は「恋愛はなんと楽しいものなのだ」と感動することの連続となった。

トオルが一階にいると思うだけで、退屈な授業に堪えて席にじっと座っていることに価値を感じる。廊下ですれ違うときには少しの緊張を覚える。自分が何かの物語の主人公にでもなったような気がする。たった一回の夢だけで、単調な学校生活が大冒険さながらに楽しく感じられるようになった。とはいえ、先述した通り彩也子はただひたすらに彼に思いを寄せるばかりで、何かしらのアプローチをすることは中学時代を通して一度もなく、学校内における彩也子とトオルのドラマにこれ以上の動きはない。

確かに絶妙な曖昧さのある恋愛体験である。共感できる甘酸っぱさは確かにあるが、単に夢に出ただけで、恋心とは始まるものなのだろうか。

「改めて確認しますけど、元から名も知らないまでもトオルくんのことが好きだったから夢に見た、という話でもないんですね？」

「いえ。そうじゃないですね。ほんとに彼のことなんか夢に見るまで一度も意識したことがなかったので」

彼女は私の質問に努めて冷静に回答してはいたものの少し目が泳いでおり、これは私の質問がいかに的外れで話の腰を折るものであったかを物語っていた。

「ちょっと不思議ではありますが、変な感じはしないですよ。良い恋愛の思い出だな、と思いましたよ」

「あ……いえ。実はここから先がまたちょっとアレでして……」

どうも、話はここで終わるわけではないらしい。

彼女の声は一層小さくなった。

中学を卒業し、彩也子は普通高校へ、トオルは工業高校へ進学した。元からトオルと交際することを視野に入れていなかった彩也子は、別段恋を失ったような気分になることはなかった。寂しさも苦しさもなく、約二年間の恋が去っていったというところか。

「あたし、高校の後は大学に入ったんです。卒業後はしばらくアルバイトを転々として。今の歯科も元はバイトだったたんですが、先生にスカウトされてそのまま就職しました」

彼女の思い出話の時制が急に〈今〉に近づいたことに私は驚いた。

それまでに抱いていた抑制の利いた理知的な雰囲気に、似つかわしくない語り口に思えたのだ。すると「それで、二年前なんですけどね」と、また話が過去に戻った。

一体全体、これは何の話を聞かされているのだろう。

彩也子は大学入学から先、今に至るまで都内のアパートで独り暮らしをしている。ダイニングキッチンと洋室二間があるそうで、そこそこに家賃が掛かるとのこと。洋室の一つを寝室として使い、もう一室をリビングとして活用しているとのこと。

二年前。

秋頃のある日。

仕事を終えてアパートに戻った彩也子は、リビングのソファでくつろいでいる間に、不意の眠りに就いてしまった。

猛烈な眠気があったわけでもないが、今寝たら気持ちよかろうと目を瞑るまま、ストンと落ちたのだ。

そして、こんな夢を見た。


夢の中でも彼女は居間のソファで横になっていた。

リアルな夢と言って過言ではない感覚があった。

しかし周囲を確認すると、居間の様子は現実と大きく違っていた。

ソファのサイズは変わらない。ソファの前にあるテーブル、その向こうにあるテレビのサイズも変わらない。

ただ、テーブルとテレビの距離が、かなり離れている。

変な感じだな、とさらに辺りを見てみると部屋自体が何畳間と数えるのも不自然なほど広くなっていた。壁、窓、調度品などは確かに現実にあるものと瓜二つなのだが、ソファとテーブルだけは定位置で、その他の物と物の距離が現実のそれと全く違うのだ。

それらは総じて、遠くにあった。

自分とテーブルとソファだけが正しく、他はホールほども広くなった部屋で普段よりも何倍も離れて置いてある。

不条理な風景に囲まれながら、どういうわけか彩也子の頭は妙にすっきりしていた。視界はクリアで、いかにも広々とした空間に漂っていそうな寒さまでも感じていた。

ぶうん、

と車のエンジン音がどこからか聴こえた。

するとテレビとテーブルの間の広い空間に、一台の煤けた白の軽自動車が突如現れた。

フロントガラス越しに運転席に人の姿を確認できたが、いかんせん距離があるので顔やいでたちまでは認めることができなかった。エンジンが停止すると、広い部屋に新しいインテリアが一つ増えたようだった。これもまた、あくまで夢。

彩也子はソファから立ち上がり、車に近づいた。

なぜか運転手が誰なのか、無性に確認したかった。

何分とも何秒とも分からないが、車に到達するまで何十歩かは掛かった。

運転席に座る男は見覚えのある顔をしていたが、誰なのかすぐには思い出せなかった。

ベージュのツナギを着た、浅黒い男。男は無表情で運転席にただ座っていた。

運転手が彩也子の存在に気付いているのかどうかは判然としない。

彼女はナンバープレートもよく見え、ところどころに微かな凹みがある車体と運転手を交互に見た。そして、この風景の中で最もリアリティを持つ存在がこの軽自動車と運転手だな、と思った。

それにしてもこの男、誰に似ているのだろう。

可哀想に、男の表情からも佇まいからも生気が感じられない。

これは、哀しい夢だ。

良い夢ではない。

こんな酷い場にいたくない。

この男は、とても暗い。

見ていて、辛い気持ちになる。

見ていて、とても辛い……。

スマートフォンのアラームが鳴り身を起こした彩也子は、すっかりソファでのうたた寝で一晩を過ごしてしまったことが分かった。

普段ならすぐさま朧《おぼろ》げにでもなりそうな夢の景色は、しっかりと頭に残っていた。

そして同じ年の末、実家で母から、

「あんたの中学の同級生の子、最近亡くなったってね」

と聞かされた。

「え、そうなんだ」

母の物言いの雰囲気から、自分がよく知る人が亡くなったわけではなさそうだと感じた。

「そう。男の子だって。まだこれからなのにね」

「へえ」

母とはその話題をそれ以上続けなかった。

年が明け、地元の友人達と集まる機会があった。

会話のほとんどは他愛のない現状報告だったが、ふと誰かが「そういえば、トオルくんの葬式は身内だけで済ませたみたいね」と言った。

それは一切の悪びれがない口調で、周りの反応から見るに、トオルの死は彩也子以外にすっかり周知されているようだった。

彩也子は友人達にかつてトオルに密かな恋心を抱いていたことを教えたことが一度もなかったので、その悪びれなさを非難することはできない。

「え。トオルくんが亡くなったの？　ママから同級生が……とは聞いていたけど」

「そうそう。何か奥さんと上手くいかなくて、離婚してから頭がおかしくなっちゃったって。子供にも会わせてもらえなかったみたい」

彩也子は、この人たちは一体何の話をしているのだろうと思った。

あの地味なトオルが結婚し、子供がいるイメージも湧かなければ、離婚して気を病んでいる姿も想像できない。

「それで、車で●●山の中に入って、そのまんま車の中で餓死したんだって」

内容に似つかわしくない、随分とあっけらかんとした調子で友人はそう話した。

そして、さも愉快そうにこんな台詞が続いた。

「そういえば、トオルくんってさ、中学の頃、彩也子のこと好きだったんだよね」

「え？」

「そうそう。何かそんな話が学校で回ってた気がする」

「ね。そうだよね」

彩也子は黙り込むよりほかなかった。

トオルが自分に好意を抱いてたことは初耳だった。それに重ねて、秋に見た夢の運転手の顔とトオルの顔が突如重なったことで、動揺が抑えられなくなってしまったのだ。

中学の頃、初めて夢でトオルを意識した場面、その後の学校での自分、長い空白ののちに再び夢で出逢ったトオル。そして、彼の車中での死。

彼はかつて私を好きだった？

彼は車の中で絶命した？

ならば私の見た夢はどこか現実と接続しているじゃないか。

でも、だから何だっていうの？

夢は夢。

夢は、夢なんだから。

彩也子はあの煤けた軽自動車のナンバーも、運転手の男が着ていた作業服の胸にあった会社名も覚えていた。だが、それをこの場で口にして答え合わせをする気は起きなかった。そんなことをして何の意味がある。あの夢がただの夢ではなかったとして、それが何だ。

友人達はふと顔を曇らせた彩也子に気を遣い話題を変えたが、結局その日彩也子の気は晴れることがなかった。

「だから……だからっていうか、こんなことになってから、あたしはあれがいわゆる〈恋〉に属するものに思えないんですよね」

彩也子さんの独白を聴き、私もまた確かにそれはいわゆる一般的な少女の初恋譚ではないな、と思った。私はしばらく熟考した上で、「彩也子さんが見た夢は、トオルくんが見た夢だったんですかね」と言った。

「そうなんですよ！」

彼女は力強くそう言った。

「そんなふうにあたしも思ってしまって――」

深夜、二時を過ぎていた。

まだまだそのバーは人でごった返していた。

彼女がこの降って湧いたような取材の最後に連ねた言葉はこうだった。

――だから、あたしは怖いんです。あたしはずっとトオルくんに思われていたんじゃないか。あたしはあの頃、トオルの見た夢に囚われていたことに気付かないまま、楽しげに学校にいたんじゃないかって思うと、あたしは怖いんです。だってもしそうなら、全部が嘘っぱちのときめきで、あれは恋なんかじゃなくて単に彼の思いに操作されていただけで……だとしたら、怖いんです。

——怖いんです。

その言葉の響きは、彼女の人生からいつ消えるともしれない切実さを持っていた。

背負う

高田公太

舞台は津軽、弘前市。

脳出血で入院した祖父の見舞いのため、街で一番大きな病院へ赴いた。

状態から見て恐らくはこのまま病院で生涯を終えるだろうと、家族は見立てていた。

病院のエントランスをくぐってから先、すれ違う人々の目線が気になった。

患者衣を着た年配者、若いナース、白衣を着た男、誰もが自分の背後を見て微笑んでいる。面会窓口の事務員は「あらあら」と後ろに手を振りさえもした。

祖父の病室に入る。

「おお。わらしっ子《子供》とば《を》、おぶってきたのが」

祖父は思ったよりも顔色が良く、何かしらの医療機器と点滴に囲まれながらも声に覇気があった。

それにしても、子供とは何の話だろう。

家に戻ってから母に祖父の様子を報告した。

「わらしってば《子供とは》、あれ、何の話だべの《だったのかな》」

「あんた……それさ。今まで喋《しゃべ》ってながったけどさ……」

二歳で病死した半年違いの弟が自分にいたことを、その日初めて知った。

また会えるなら

高田公太

筑前煮の味が、どうレシピを工夫しても生前の母が作ったものに近づけない。
夫も息子も美味いと言うが、自分では納得がいかずに何年も経つ。
また母に会えるなら、あの味のレシピが知りたい。

「米油」

ある昼下がり、居間に母の声が響いた。
台所に立つ母の傍に米油が置いてある風景を思い出す。

「これ、今まで食べた筑前煮の中で一番美味い」
高校生になった息子が言う。

「俺もこっちのほうが好きだな」

夫が御飯をおかわりする。

「あたしもそう思う」

また母に会えるなら、ありがとう、と言いたい。

マットレス

高田公太

和江さんが小学六年生のときにサコちゃんはコンタくんを産んだ。

そして中学三年生のときにサコちゃんはお腹に水が溜まり、天国に行った。

ぷいと家出をしたうちに彼女と愛し合ったコンタくんのお父さんが誰なのかは不明だったが、コンタくんが産まれて誰もが喜んだのだから、一家の一人として彼を咎める者はいなかった。

サコちゃんは一度に三匹産み、元気だったのはコンタくんだけだった。

雑種のサコちゃんは全体的に茶色く、少しだけ白が混じっていた。一方コンタくんは白が全体を占めていて茶色は少なかったものの、母親譲りのぴんと立った耳の高さが愛らしく受け継がれていた。

サコちゃんが天国に行ってすぐの頃、コンタくんはふとしたときに母の姿を探して家の中をうろうろしていたため、和江さんはその行動を目にするたびに涙する羽目となったが、コンタくんがたっぷりと母の匂いが染み込んだ玄関の三和土《たたき》にあるマットレスでしょっちゅう昼寝をするようになると、次第に彼は哀しい別れを受け入れたようだった。

和江さんの両親はよく「サコちゃんのおばけ」について話す。

それは、和江さんがコンタくんと散歩に出ている間に、「廊下の曲がり角からちらりとサコちゃんの尻尾が見えた」と言ったり、コンタくんが屋内であらぬほうをじっと見つめていると「ほら、きっとあそこにサコちゃんがいるのよ」と喜んだりと、大概が気のせいか思い込みの類いであったが、サコちゃんが子犬だった頃をよく知る両親なのだから、物申すのも野暮というものだし、そもそも和江さんもまた、「サコちゃんのおばけ」を一度だけ「感じた」ことがある。


一家は三和土のマットレスを洗濯しないことにしていた。コンタくんのためにも、自分達のためにも、サコちゃんの匂いを消すわけにはいかないのだ。とはいえ、暖かくなってきて毛がたくさん付くと目立ち、経年から黒ずんでくるのも避けられない。大事なマットレスが放っておいている間にいつしかボロ雑巾のようになってしまっても困る。

ならば一家にやれることは、マットレスを外で軽く叩くのみ。

たまに気がついた者がそれをする、たったそれだけでも幾らかましであろうというのが一家の見解であった。

ある日。外出から戻った和江さんはふと目に入った汚れが気になり、外で叩こうとマットレスを両手で掴んで持ち上げようとした。

(おお！)

マットレスに重みを感じる。

そして、その重みがぬうっと横に移動していく手応えが確かにある。

スッとマットレスが軽くなり、ごく普通に持ち上がる。

ああ、サコちゃんが今、ここに乗ってたんじゃん。

まだいるじゃん。

まだ、いるじゃないのさ。

「サコちゃんいたよー！」

両親は「なになに」と言いながら現れ、つい今しがた自分が感じたことを説明すると、「わあ、それは嬉しいね」とマットレスを見つめた。

肝心のコンタくんは二階で寝ていた。

そのとき、もし母の夢でも見ていたなら、それもまた嬉しい。

やおよろず

高田公太

青森県弘前市に住む私が普段使っている津軽地方の方言〈津軽弁〉では、「物がある」場合の「ある」が、「いる」と表現されることが多い。

例えばハサミを探しているときは、

「ハサミっこ、どご《どこ》さいだ《にある》？」

となり、醤油を探しているときは、

「醤油、どごさいだ？」

「まんだ《まだ》、棚さいだね《にあるよ》」

となる。

単に口の開きを最小化すべく訛《なま》った結果なのかもしれないが、動物以外の存在に対して、「いる」「いない」という言葉を用いているかのようなニュアンスが感じられ、耳にするたびに私はいつも奥ゆかしく思うのである。

同市在住の五十嵐さんの話。

りんごの収穫シーズン、五十嵐さんは仲の良い農家にお願いされ、りんごもぎの手伝いに出た。五十嵐さんは別に本職を持っていたが、シーズンの間は暇さえあればどこかしかの農家の畑に出向いてりんごをもいでいる。りんごもぎの年季でいえば十年選手で、手慣れたものだ。

朝、自家用車を目当ての畑沿いの駐車スペースに停車させ、長靴を履く。

農家の主は既にテントを張り終わっており、すぐにでも選果を始めたくてうずうずしている。

「今日中に、ここの畑とば終わらせてえんだよな」

「ああ。大丈夫なんでねが？　午前中でだいぶもげるべ」

主とそんな会話をしたのち、五十嵐さんは先に来ていた手伝いの女性達に挨拶を済ませて、畑に足を踏み入れた。

「あら。脚立、どごさいだべが」

りんごもぎは脚立がなければ話にならない。

女性達は既に自分用の脚立を確保しているようだったが、五十嵐さんの視界には空いている脚立がないように見えた。

もぎ手と脚立は常にワンセット。

ほんの少しの横移動ですら、脚立を置いてけぼりにしていては作業効率が落ちる事態になり得るほどだ。というわけで、今は何はなくとも脚立、脚立……。

「脚立、ございだよ！」

畑の少し奥のほうから、声掛けをしてくれる者がいた。それは聞き慣れない若い男の声だった。今日は学生アルバイトがいるのかもしれない。

「おお！　了解！　ありがとう！」

声のしたほうに向かうと、確かに脚立が一本立っていた。

五十嵐さんは両手でそれを掴み、目当ての木の場所へ戻る。

「今、さかんでら《叫んでた》のは誰だっけ？」

女性の一人がそう言った。

「あ？　今、おらが『ありがとう！』ってさかんだんだよ」

「んーん。んでねくて、『脚立、ございだよ！』ってしてさかんだ人さ」

「ああ。学生さんでねの？」

「なんも。今日だっきゃ、学生さんはいねえよ。男だっきゃ、おめど社長ばしだね。さっきのは男の声だったべ」

「あら。んだの。へんば、誰だべの」

ルビを振るのが大変そうなので、この会話を要約させてもらう。

女性のもぎ手は先ほどの「脚立はここにあるよ」という叫び声の主が誰なのか気になり、五十嵐さんに訊ねた。五十嵐さんはてっきり男性の学生アルバイトでもいるのかと思っていたが、女性が言うには「今日は学生はいないし、そもそも男は五十嵐さんと選果をする社長しかいない。だから、あの声に該当する人はいない」とのことだった。

通常なら「怪しい誰かがいるのか」と警戒したほうが良さそうな展開だが、りんごもぎは待ったなし。次々とりんごを籠に入れる手を止めずにぽつぽつと話し合いをした上でのオチは、「脚立の神様が教えてくれだんでの？」に落ち着いた。その日若い男を畑で見かけたものはおらず、休憩中にこの話をしたとて、誰もが「へー」というばかりで、それはさておき収穫シーズン中の月間天気予報が話題の中心となったのであった。

呪・念・魂

高田公太

真島秀子の父、義満は思いつく「人の最低」の全てを体現したような男であった。

ギャンブルをし借金を作り、常に誰かしらと浮気をし、イライラしているときは秀子と妻の慶子に暴言を浴びせ、暴力を振るう。誰かに騙されて怪しい商材のセールスに手を出したかと思えば、ホビー用品の転売屋を始めようとしたり、とにかくまともに働く気がなく、しかも何を始めても結局は借金だけがかさむのが常。最早がたがたに崩れた家計をどうにか立て直そうと慶子は昼も夜もなく働き、それでも足りないと母に請われた秀子は、高校に上がってすぐハンバーガー屋でアルバイトを始めた。

幾ら秀子がバイトをしても成果物となるのは、食卓に上るみみっちい焼き魚や米、汁物のみ。義満はときどき競馬かパチンコで勝った金を使い外で何かしらの美味いものを食べているらしいが、秀子と慶子の贅沢はせいぜいコンビニのプリンが関の山で、そんな生活ばかりが産まれてから十代後半に差し掛かるに至るまで続いているというのだから、いい加減に秀子は我慢がならない。慶子は娘が何度進言しても義満と別れようとせず、その理由は「お父さんにも良いところがある」の一点張りというのだから、詰む。

秀子は何度も自分が父を殺める姿を想像したことがあった。

あんな不幸製造装置は、死ねばさっぱりするのに。

この上なく苦しんだのちに死ねばいいのに。

口にこそ出したことはなかったが、秀子は日頃からそんな願いを抱いていた。


秀子の唯一の慰めは低スペックのスマホだけだった。家にはＷｉ‐Ｆｉはなかったが、街にはある。休日にショッピングモールのベンチに座り、ひたすらスマホにかじりついていると、気が安らぐ。ユーチューブと無料漫画、テレビ番組の見逃し配信などで心の澱《よど》みから目を逸らすことで、秀子は人生をやりくりしていたのである。

そうして秀子はある日、子供連れの家族やカップルが行き交うモールのベンチで〈呪い〉という言葉に出会った。勿論、かねてその言葉を常用語として知ってはいたが、〈呪い〉の二文字がまるでスマホから飛び出てきて挨拶をしてきたかのように感じたは、その日が初めてだったのだ。〈呪い〉、〈呪術〉、〈呪物〉。今までは何となく最近流行しているのだなという程度にしか捉えていなかったが、そうだ、私は父を呪えばいいのだ。なぜ今まで気がつかなかった。

検索をすると、容易に『人を呪う方法』を紹介するサイトが出てきた。

藁人形を使った方法、『蠱毒《こどく》』なる方法、諸外国の様々な〈呪術〉。〈呪い〉のあれこれについて知るほどに苦しむ父の顔が浮かび、胸が弾んだ。これまでは義満を刺したり、絞めたり、突き落としたりしている自分の姿ばかりを想像していたが、いつもその先にあるだろう逮捕、裁判、刑務所のことなども考えてしまい、結局は現実の理不尽さに直面する。だが〈呪い〉の場合は違う。全く法に触れずに義満を不幸に追いやることができるのだ。考えているだけで胸がすく。

〈呪い〉の世界にすっかりハマった秀子はネットサーフィンでどんどん知識を得ていったものの、実際に何らかの呪術を試すにはどうにも踏み切れなかった。それは呪術の効果を怪しんでいるからではなく、むしろ呪術を信用し切っているからこそのことだった。

人を呪わば穴二つ。

呪術を紹介するサイトにせよ、オカルト系のユーチューブチャンネルで紹介される怪談にせよ、いつもそのようなことを伝えてくる。義満を呪うにおいて、何かが上手くいかなかった場合は自分に呪いが返ってくる事態となるのだ。現時点においても呪われた人生を歩んでいる実感があるのに、今以上に辛いことになるなんてまっぴらごめんだ。それにしても、趣味を持つのはいいものだ。オカルトの世界には夢がある。おばけ、妖怪、呪術に怪談、今まで全く興味がなかったが、これらは現実を忘れさせてくれる。

オカルトはつまらなく残酷な日常を彩ってくれる。

ああ、義満を呪い殺せたら、どれだけ良い気分になるだろうか……。


アルバイトからアパートに戻ると、食卓にジャージを着た義満の姿があった。母は既に夜職に出ており、日が昇る少し前に家に戻る。

「秀子ぉ。見てくれよお」

義満の顔はテープで留められたガーゼだらけだった。ガーゼの下には脱脂綿があるようで、顔にちょっとした山脈ができているようだ。

「病気になっちまったよ。梅干しみたいなグロいデキモノがいっぱいあるんだぜ。痛ぇしうよう。災難だよ。薬で治るみたいなんだけどな。薬飲んだら酒は飲めねえってさ」

よほど辛いのか、義満は素直に麦茶を飲みながらテレビを見ている。秀子は義満の機嫌を損ねないように当たり障りのない相槌を打ってから小さな自室に引っ込むと、「クソ親父、ざまあみろ」とひとりごち微笑んだ。

「お父さん、入院したんだってさあ」

慶子がそう言ったのは、ここ何週間も父を見かけない最中のことだった。てっきり相変わらず浮気相手の家にでも転がり込んでいるのだろうと思っていたが、今回の長期外泊はそこに「入院」という要素が加味されていたらしい。

「何の病気？　あのデキモノ？」

「デキモノのせいといえば、そうなんだけど。糖尿が酷くて、デキモノが悪化しちゃったんだって……良い気味……ふふふ」

「あはははは」

親娘は久しぶりに気持ちよく笑い合った。


退院した義満は、泥棒のような黒い目出し帽を被り、頑なにそれを外そうとしなかった。目出し帽から覗く目元、鼻の少し上などを見るだけでも、病気の痕の様子が想像付く。顔の広範囲に及んでこの調子なら、もう浮気は難しいだろう。

まだ体調が悪いのか義満はいつになく無口で、時折喉からヒューヒューと音を立てていた。義満の右手の甲にもガーゼがあり、薬なのか膿《うみ》なのか、何か緑色に近いものが滲んでいる。まるで化け物だな、と秀子は思った。慶子が食器を洗う音がやけに大きく聞こえた夜だった。

案の定、義満はすっかりアパートに居着くようになった。

そして朝方に家を出て、十九時前に帰ってくることを繰り返した。

秀子は父のそのルーティーンに我関せずで過ごしていたが、ある日母が「今日は畑は休みなの？」と義満に声を掛けているのを聞き、どうもこの男は柄にもなく畑仕事をしているらしいことを知った。退院後すっかり大人しくなり、規則正しく畑仕事をしているからと、父を見直すわけもないが、良い具合に邪魔にならない目出し帽の男のほうが、かつての義満よりよほど気楽でいい。自分は高校に行き、アルバイトをし、家に帰ってから宿題をする。休みの日にはモールのベンチで楽しく過ごす。我が家は相変わらず貧乏だが、以前よりはましだ。

ある日の朝、義満はいつも通りに仕事に出たきり、帰ってこなくなった。

お父さんが行ってた畑って、ヤクザの畑だからね。

今のヤクザって野菜作ったり米を作ったりするのもシノギらしいのよ。

お父さん、闇金からお金借りてたから、めぐりめぐってそうするしかなくなったみたいよ。バカよねえ。

それでねえ。

今度はヤクザに言われるままにマグロよ。

マグロ漁船に乗ってんのよ。

もう帰ってこなかったらいいのにねえ。


「あんたぁ。呪いってほんとに効くもんなのねえ」

「え?」

母は最近、艶っぽい。

まるで若返ったように肌に張りがある。

「ほらあ、あんたが見てた呪術とかのユーチューブあるじゃない。あたし、あれで勉強したのよ」

秀子と母は、ユーチューブのアカウントを共有していた。秀子が年齢制限なしで動画を見たかったので、母にアカウントを作ってもらっていたのだ。

「見様見真似でこっそりいろいろやってみたら、お父さんがどんどん変になっていったのよ。嬉しかったわあ。あんたもああいうのをやってみたりしていたの？」

秀子は「うん、ちょっと」と嘘を吐いた。

「そっかあ。じゃあ、あたし達の勝ちってことなのかしらね。ま、偶然なんだろうけど……」

母は少し酔っているようだった。

満足げに口角を少し上げて食卓に突っ伏す母の姿は、幸せそうに見えた。

秀子は慶子がどういった呪術を使ったのかが大いに気になったが、それを根掘り葉掘り訊ねることで自分が呪いに関わってしまうのではないかと怯え、今に至るまでその好奇心を放っておいている。

秀子は大学に進学せず、地元企業に就職した。

父が残した消費者金融五社の借金のうち、三社は完済し、残り二社も完済までもうすぐ。

慶子は夜職一本になり、アパートにＷｉ‐Ｆｉルーターが設置された。

＊　＊　＊

「本にするならここまでの話をいろいろ変えてくださいね。分かる人には分かるかもしれないから、身バレが怖いんで」

秀子さんは私にそう念を押した。

「……それで、最近なんですけど――」

秀子さんは、父の夢をときどき見るのだそうだ。

夢の中の父は右の手首から先と左足の膝から下がなく、秀子さんの部屋内の空中を糸が切れた操り人形のように力なくぷかぷかと漂っているという。

「あたし、夢で見たものをおばけだ何だって言う人、嫌いなんです。ビリーバーっぽいのって、バカみたい。でも、これに関してはおばけだったら良いなあって思うんですよ。だって、もしそうなら父はもう死んでるってことじゃないですか」

「そういうことになるかもですね」

「ですよねえ。だったら凄いさっぱりするから」

「何だか……良い話ですね」

私が思わずそう言うと、秀子さんは、

「そうなんですよ！」

と言って、目を輝かせたのだった。

家族

高田公太

牧野さんは今でも感じるのだという。

「高田さんは怪談のプロなんでしょ？　これ、プロが満足するような話じゃあないっすよ。いいっすか？」

牧野さんは照れくさそうにそんな前置きをしてから話し始めた。

牧野さんの両親が離婚したのは平成中期、彼が高校二年に上がったばかりのことだった。

昔から夫婦喧嘩が絶えない夫婦だった。

離婚、という言葉を母から聞かされても一人息子に驚きはなかったどころか、これはとても喜ばしい展開と小躍りさえした。

元より粗暴粗野な父のことは好きではなかったし、片やしっかり者の母は自分と一緒に家に残るというのだから、何の不満もない。

「俺ももう大きかったわけだし、周りにも親が離婚している友達がちらほらいたから、哀しいことは想像付かなかったんですけど、いざ二人暮らしが始まるとちょいちょい困ることがあって」

牧野一家は３ＬＤＫの賃貸マンションで暮らしていた。

かつて両親は共働き。

離婚により稼ぐ者が一人いなくなり、その凹みを賄えるはずだった父からの養育費の支払いが滞ると、みるみる家が荒れ始めた。

「母が昼も夜も働かないとダメになったんです。飯なんてのは俺一人でどうにでもできるんですけど、掃除洗濯は正直、俺もダルくて。今思えば、もっと俺が頑張れば良かったんだけど、若かったから」

かつてはいつもピカピカだったトイレの便器が黄ばみ出し、風呂にカビが増えた。

フローリングのリビングの隅には、埃と食べかすがまとまってできた塵《ちり》が目立つ。飯代として貰った小遣いのお釣りで菓子やジュースを日々摂っていると、ニキビが増え出した。心なしか身体の快調を感じる日が少なくなった気もする。

そんな日々がしばらく続くと、今度は自分の心が段々と荒んできていることに気付く。最近はどうにも上手く笑えない。何だか、いろいろと重い。

「今なら素直に『寂しかった』んだと言えるんだけど、当時はわけも分からず毎日が憂鬱になり出して。何だか学校のみんなが自分よりも楽しそうに見えた。ちょくちょく体調が悪くなって学校を休むようにもなったし、学校に行ってから早退したりするのも増えちゃったし」

母はといえばそんな息子を心配しつつも、仕事を休むわけにはいかない。

そうして昼はスーパーでパート、夜はスナックで客の相手をする母が息子のために取った行動は、母の母、すなわち牧野さんの祖母に家事をお願いすることだった。

「俺は婆ちゃんが好きだったんで、嬉しかったですね。婆ちゃんは足腰もしっかりしてて、いつも頭が冴えてるんすよ。思えばあのときで婆ちゃんは七十歳近くだったんすよね。それでもほんと頼りになったっす」

母は恐らく、何が息子の問題になっているのかを深く理解していたのだろう。祖母は毎朝早くマンションに訪ねてきて牧野さんに夕飯を作り、一緒に食事をしてから自分の家に戻った。祖母の夫――祖父は牧野さんが生まれて数年経った頃に、肺炎で亡くなっていたため、牧野さんは祖父に関して全く記憶がない。

母の実家となる祖母の家とマンションまでの距離は電車で三十分ほど。

牧野さんは何度か祖母に、

「泊まっていけばいいじゃん。一緒に住んだっていいし」

と提案したが、祖母は、

「こんな年寄りは二人の邪魔になるから。家のほうが落ち着くしね」

と笑って返すばかりで、結局は忙しなくマンションと実家を行き来していた。

「婆ちゃんが来てくれるようになってから、パッと毎日が楽になりました。御飯も美味しいし、学校であったことなんかを婆ちゃんに話すと、面白おかしく返事をしてくれるんすよ。婆ちゃんはラジオをしょっちゅう聴いてたせいか、今風のことにも詳しかったし」

牧野さんが高校三年になり大学受験を意識し出した頃。

祖母が日中にスーパーで買い物をしている最中に倒れ、救急車で病院に運ばれた。

そして治療中に心疾患が認められると、そのまま入院することとなった。

この入院は祖母の元気な姿ばかりを見てきた牧野親子にとって、青天の霹靂《へきれき》であった。

「昏睡状態とか面会謝絶になってたわけではないんですが、見舞いに行くとやっぱり弱ってたなあ。口数も少ないし、急にヨボヨボになっちゃったように見えて、本当に哀しかった。うちらが家のことで無理をさせちゃってたんだと思うと、自己嫌悪にもなるし。母も辛そうでした」

祖母が来なくなってからは牧野さんが率先して家事をするようにした。朝はなるべく早く起きて、母のために朝食を作ろうと頑張る。学校から戻ると、拭き掃除、掃き掃除を日課として行うようにした。食器や衣服の洗いを済ませると不思議と頭がすっきりし、勉強がよく捗った。

祖母は入院中にも胸の苦しみを訴えることがあったため、なかなか退院とはならなかった。母は、

「婆ちゃんもああ見えて歳だから。覚悟はしておいたほうがいいかもよ」

と言った。

そんな状況の中のある日。

牧野さんは、もう限界だと思った。

勉強もしんどい。家事もしんどい。

もっと遊びたいのに小遣いが少ない。

昨日までは朗らかに日々を過ごせる気がしていた。

でも、もう限界だ。

「ちょうと受験のプレッシャーとか友人関係のちょっとしたトラブルが重なってたせいだ

と思うんだけど、それにしてもほんとその日は落ち込んじゃって。ずっと心に蓋をしていた考えが溢れちゃった」

喧嘩をしていた両親の姿も、いつも疲れ切っている母の様子も、身体を壊すほど祖母を利用した自分達のこともずっと嫌いだった。

学校では誰もが楽しそうにしている。

何でまだ若い自分がこんなに頑張らないといけないんだ。

これで婆ちゃんが死んだりでもしたら、そこから先、自分は一生幸せになれない気がする。ずっと父を呪って、母と自分を可哀想だと思いながら過ごすことになる。

今までずっと平気なふりをしていただけで、本当はもうこんな毎日は嫌なんだ。

限界だ。もう限界だ。

母がスナックに出勤したあと、牧野さんは居間にて一人、さめざめと泣いた。

辛い、辛い、と声を出して大粒の涙を溢した。

泣いてどうなるわけでもないことは分かっている。しかし、整理し切れなかった思いが爆発した以上、涙を飛び散らせるほかはない。

リビングの床でうずくまりながら嗚咽《おえつ》を漏らす。

辛い、辛い。

辛い。

俺はただ生まれてきただけなのに、これじゃあどうしようもないじゃないか。

辛い、辛い。辛い。

何分の間、そうしていただろうか。

うずくまる牧野さんの背中が、ぽんと叩かれた。

叩いたのは手のひらであろう感触があった
母か、とうずくまったまま思った。

上半身をゆっくり上げ頬を涙で濡らしたまま振り返ると、キリッとした顔立ちで白髪頭の年配の男がスーツ姿で立っていた。

「バカもん」

と男は低い声で言った。

男が誰かは、実家にある写真で見たことがあったのですぐ分かった。

母の父。

祖母の夫。

祖父がそこに立っていた。

男は床にへたりこんだまま首を曲げて振り返る牧野さんを睨みつけていた。

「バカもん」

祖父はもう一度そう言った。

牧野さんは居直ろうと顔を一度上げ、身体の向きを変えようとした。

だが、そうしている間に祖父はリビングから姿を消した。


「泣いたからなのか、祖父が出てきたからなのかは分からないんだけど」


妙に気持ちがすっきりした。

リビングのしんとした静寂が心地よかった。

先ほどまで、自分は何を悩んでいたのだろう。

牧野さんはむくりと立ち上がり、掃除を済ませてから机に向かい参考書を開いた。

大泣きしたことも祖父が現れたことも母には言わなかった。

とはいえ、のちに心臓の調子がようやく落ち着き退院した祖母には、その日の一部始終を聞かせた。教えると笑ってくれるのではないかと期待したのだ。

「そうか。あんた、あの人に会ったのか」

「うん。泣いてたら『バカもん』って言われた」

「そうかい」

祖母は一筋の涙を溢した。

「あんたのママは私達の可愛い娘だし、あんたは可愛い孫だからさ」

祖母はいかにもそれ以上の回答はないとでもいうように、力強い声でそう言った。


心臓の薬は手放せないものの、牧野さんの祖母はまだ存命だ。

牧野さんは現在、とある商社に勤めている。

若かろうと、老いていようと、辛いことはときにある。

牧野さんは心の荷物に押しつぶされそうになったときに、祖父の存在を感じる。

生まれたばかりの自分を見た祖父はきっと、とても喜んだはずだ。

生前の祖父が自分に抱いた愛情が、今も続いているに違いないと。


牧野さんは今でも感じるのだという。

バカもん。

私の呪念魂

本書において、念の章後半と、魂の章を担当させていただいた。

本の中盤で田中俊行の怪談観から、私の怪談観にバトンが移る構成も私が提案したものだ。通読し、「なんと怪談とは幅が広いものなんだ！」と驚いた方もいるかもしれない。

共著作では、筆者たちの怪談観の違いがより強調されると同時に、観点なぞで揺らぐことのない怪談の根底にある普遍性が浮き彫りになる傾向がある。本書でも文体もカラーも違う筆者二人による怪談集であるにもかかわらず、舞台の地中にはいつも同じものが埋まっている感触がある。

呪、念、魂とは改めて良いテーマだと思う。

多くの怪談はこの三つの要素がどこかに入っている場合が多く、仮にそれらの要素がまったく入っていなくとも、聞き手、読者は隙間にこの三つを入れ込もうとする。怪異に意思を持たせているのは、常に我々なのだ。

私は何げない風景からも、ＳＮＳからも自分を映した鏡からも呪念魂を感じる。怪談の普遍性とは翻って、世界の普遍性なのかもしれない。

素晴らしい書影を生み出してくれた坂野公一さんに感謝の意を。

そして、怪談を愛しこの本を手に取ってくれた読者皆様に最大の感謝を。

俊行くん、お疲れ様。予定日通りに本が出せて偉い。きみには愛を。

高田公太

静かに残るもの

本書に収めたのは、不思議で、少しだけ怖く、そしてどこか切なさを感じさせる体験である。

信じるかどうかは読む人それぞれであっていいと思う。

だが語ってくれた人たちは、どの話にも確かに「そこに何かがいた」と言った。

呪や念、魂といった言葉は古びた印象を持たれがちだが、実際には、強い感情や想いが物や場所、人に残ることは珍しくない。それが時に音となり、匂いとなり、時には〝モノ〟として現れることもある。

必ずしも恐ろしいものばかりではない。そこには、愛情や後悔、未練や優しさの気配が宿っていることもある。語られることで和らぎ、静まっていく何かもある。

本書を読んだ人の中に、ひとつでも心に残る何かがあったのなら、それだけで意味があると感じる。語ること、記すこと、そして誰かがそれを受け取ること。その積み重ねが、静かに想いをほどいていくのだろう。

ありきたりではない書影を描いてくれた坂野公一さんに、心から感謝します。本書を手に取ってくださった皆様、ありがとうございます。担当の小川さん、いつも本当にありがとう。話を聞かせてくれた皆さんも、話してくれてありがとう。

そして、公太くん。君も偉い。見事に跳ね除けた。私の締め切りを守らないという呪いを。

田中俊行

著者紹介

田中俊行（たなか・としゆき）＊写真左
怪談・呪物蒐集家。オカルトコレクターの肩書きを持つ。四年連続で日本一の怪談師を決める大会・怪談最恐戦に出場し、二〇二一年怪談最恐位に輝く。YouTubeチャンネル「トシが行く」他、ＴＢＳテレビ「クレイジージャーニー」ほか、メディアやトークイベントで活躍中。主な著書に『呪物蒐集録』『神戸怪談』『紙呪』『あべこべ』、コミックエッセイの原作に『ぼくと呪物の奇妙な生活』など。

高田公太（たかだ・こうた）＊写真右
青森県弘前市出身、在住。元・陸奥新報の記者。県内の怪異スポットを幅広く取材、魂を紡ぐ怪談作家として味わい深い郷土怪談を書き続ける。代表作に『絶怪』『恐怖箱 青森乃怪』『恐怖箱 怪談恐山』、鶴乃大助との共著に『青森の怖い話』、煙鳥、吉田悠軌との共著に「煙鳥怪奇録」シリーズ、編著作品に『実話奇彩 怪談散華』『青森怪談 弘前乃怪』など。

（写真提供　ケムール）

★読者アンケートのお願い
本書のご感想をお寄せください。アンケートをお寄せいただきました方から抽選で５名様に図書カードを差し上げます。
（締切：2025 年 5 月 31 日まで）

応募フォームはこちら

呪念魂

2025 年 5 月 7 日　初版第一刷発行

著者……田中俊行、高田公太
装幀・本文扉デザイン……坂野公一＋吉田友美（welle design）
本文 DTP……GLG 補完機構

発行所……株式会社　竹書房
〒 102-0075　東京都千代田区三番町 8-1　三番町東急ビル 6F
email: info@takeshobo.co.jp
https://www.takeshobo.co.jp
印刷・製本……中央精版印刷株式会社